P 9 1576
mF

Y. 659.
2.   2.

à conserver

Y. 3996.
6.

CONTES
NOUVEAUX
OU
LES FÉES
A LA MODE.

Par Madame D**

TOME SECOND.

A PARIS,

Chez la Veuve de Theodore Girard,
dans la grande Salle du Palais,
à l'Envie.

M. DC. LXXXXVIII.

AVEC PRIVILEGE DU ROY.

TABLE
DU CONTENU
EN CE VOLUME.

Fin de la Table.

Extrait du Privilege du Roy.

PAR Grace & Privilege du Roy, donné à Versailles le 5. jour de Decembre
1697. signé CARPOST. Il est permis à la
Veuve de Theodore Girard , Marchand
Libraire à Paris, de faire imprimer, vendre & debiter un Livre intitulé, *Les Fées
à la mode*, par Madame D * * pendant le
temps de huit années , avec défenses à tous
autres d'imprimer , vendre ny debiter ledit
Livre , à peine de trois mille livres d'a-
mende , &c. ainsi qu'il est plus au long
porté par ledit Privilege.

Regiſtré ſur le Livre de la Communauté
des Imprimeurs & Libraires de Paris , le
30. Decembre 1697.

Signé, P. AUBOUIN, Syndic.

Achevé d'imprimer pour la premiere fois,
le 6. Fevrier 1698.

LE

EPISTRE.

MES Contes ſuivez tous le
  deſir qui vous preſſe ;
Preſentez-vous aux yeux d'u-
  ne Auguſte Princeſſe ;
Heureux ! ſi vous pouvez meriter le deſtin
Dont ſe virent flattez le Mouton & Lutin ,
Quand l'eſprit animé d'une
  gloire ſi belle ,
Par mes foibles écrits je luy
  marquay mon Zele :
      Tome I.

EPISTRE.

Partez ; mais pour la voir choi-
    sissez les instans
Elle sçait s'occuper de soins
    plus importans.
Vous n'offrez que des jeux, &
    vôtre unique affaire
N'est que de divertir en tâchant
    de luy plaire.
Si quelquefois quittant & la
    Ville & la Cour,
Elle va de Saint Cloud cher-
    cher l'heureux sejour ;
C'est là que vous pouvez ani-
    mant vôtre audace,
Parmy tous vos aînez deman-
    der une place ;
C'est là, que vous verrez d'un
    Palais enchanté,

EPISTRE

Regner de toutes parts l'éclatante beauté;

C'eſt là, que ſous les pas d'u-
ne ſi chere Hôteſſe,

En dépit des hyvers, les fleurs
naiſſent ſans ceſſe.

Les Nymphes, les Silvains ſor-
tent de leurs Foreſts,

Et viennent envier ou loüer ſes
attraits.

Vous verreZ les beauteZ dont
les Dieux l'ont ornée,

Ce que n'eût jamais fait la plus
puiſſante Fée.

La Prudence, l'Eſprit, la Bonté, la Grandeur,

Et toutes les Vertus s'aſſem-
blent dans ſon cœur;

EPISTRE.

*Mais je retiens icy l'ardeur qui
vous anime :*
*AlleZ, parteZ, voleZ, elle est
trop legitime,*
*Vous pouveZ désormais mépri-
ser les jaloux,*
*Qu'un sort si glorieux armera
contre vous.*

LE NOUVEAU
GENTILHOMME
BOURGEOIS.

UN Gentilhomme fils
d'un Marchand de la
ruë faint Denis, qui
vouloit eftre de qualité & faire le petit Maiftre, parce qu'il
eftoit fort riche en argent con-
tant & en meubles, trouvant
qu'on ne réveroit pas affez fa

Tome II. A

2. LE GENTILHOMME
nouvelle Nobleſſe dans un quartier où pluſieurs perſonnes luy
avoient vû aulner de l'étoffe,
ſe mit en teſte de ſe diſtinguer en Province, en faiſant
l'homme ſçavant & de bon
gouſt; il acheta la Biblioteque
d'un Academicien qui venoit
de mourir, ne doutant pas qu'il
n'en ſçeût bientoſt autant que
luy, puiſqu'il avoit tant d'excel-
lents Livres; il apprit meſme à
faire des Armes, voulant paſſer
pour brave, mais ſon courage répondoit mal à ſes fanfaronades.
   Quand il fut queſtion de
choiſir la Province où ce nouveau Gentilhomme vouloit
s'eſtablir, il jetta les yeux
ſur la Normandie, & partit
pour Roüen; il y trouva tous
les Correſpondans de feu ſon
pere, qui s'efforcerent de le

bien regaler ; mais enfin ce
n'eſtoient que des Marchands,
& il eut beaucoup de peine à
faire comparaiſon avec eux, ſe
diſant homme de groſſe qualité & pour le perſuader il faiſoit des menſonges ridicules à
tout le monde ; ſa teſte eſtoit
étrangement feſlée & remplie
de mille ſottes d'imaginations.
Aprés s'eſtre informé des Terres qu'il y avoit à vendre aux
environs, on luy en indiqua
une ſur le bord de la Mer,
dont la deſcription luy plut
beaucoup ; il l'alla voir ; il l'a-
cheta, mais la Maiſon ne luy
parut pas aſſez belle, de ſorte
qu'il mit promptement des Ou-
vriers aprés pour l'abattre, &
comme il ſe piquoit de ſçavoir
tout, il ne voulut point d'autre Architecte que luy-meſme

4 LE GENTILHOMME
pour baſtir ſon petit Chaſteau.

Il choiſit un endroit effectivement tres-agreable, c'eſtoit
au bord de la Mer, pour peu
qu'elle fût irritée elle venoit
juſqu'au pied de ſes murs, une
Riviere aſſez groſſe s'y jettoit
en cet endroit, de ſorte qu'il
fit élever une grande arcade
ſur laquelle il baſtit ſon moderne Palais, l'on y montoit
des deux coſtez par ſoixante
degrez de pierre de taille avec
des rampes de fer, & quand il
pleuvoit ou qu'il faiſoit vent
c'eſtoit un regal admirable;
car avant que l'on fût dans ſa
maiſon, l'on eſtoit moüillé juſqu'aux os, tranſy de froid, ou
roſty du Soleil : il ne falloit
pourtant pas s'en plaindre, &
ſi on le faiſoit, il ne le pardonnoit jamais.

Noſtre Gentilhomme Bour-
geois ayant quitté ſon nom pa-
ternel, voulut s'appeller Monſieur de la Dandinardiere, la
longueur de ce nom luy ſem-
bla propre à impoſer à ſes voi-
ſins, qui n'eſtoient pour la pluſpart que des Barons & des Vi-
comtes, mediocrement riches
& deſacoutumez depuis long-
temps d'aller à la Cour : il falloit voir auſſi comme il vouloit
leur impoſer, ſes poches étoient
pleines de lettres des perſonnes de la premiere qualité, il
les compoſoit & les écrivoit
luy-meſme ; Dieu ſçait de quel
ſtile ! mais il les rempliſſoit de
nouvelles dont on fait grand
cas en Province, & toûjours le
Roy eſtoit en peine de l'eſtat
de ſa ſanté. Sur la foy de ſon
grand credit il eut une demy

douzaine de méchans petits
chiens, qu'il nomma sa meut-
te, & un valet appellé Alain,
lequel se titroit des noms les
plus convenables aux choses
où son Maistre l'employoit,
comme Secretaire, Maistre
d'Hostel, Cuisinier, Receveur,
& Valet de chambre.

Ce Valet dis - je menoit la
meute de son Maistre sur les
terres de ses voisins, dont il
tuoit souvent le gibier fort à
son aise sans que la Dandinardiere craignit que quelqu'un le
trouvât mauvais ou qu'on luy
en fit des affaires : mais un
Gentilhomme d'humeur peu patiente ayant rencontré le tireur
dans ses bleds qui faisoit rude guerre à d'innocens Perdreaux, il le batit sans quartier, & sur les menaces qu'il

nation mille extravagances :
Monſieur de ſaint Thomas reſſentoit davantage les travers
que ſes filles ſe mettoient dans
la teſte, & s'il avoit joüy d'u-
ne meilleure fortune il auroit
travaillé utilement à la leur ;
mais comme ſes filles ne pouvoient ſe trouver heureuſes
qu'en idées, il les laiſſoit au
moins maitreſſes de s'en faire
d'agreables.

Le Baron de ſaint Thomas
demeura ſurpris de l'air furi-
bon qu'il remarquoit en Monſieur de la Dandinardiere, je ne
vous reconnois pas aujourd'huy,
luy dit-il, en ſouriant, qu'a-
vez vous donc ? ce que j'ay ?
Monſieur mon voiſin, repliqua.
t'il, je vous l'auray bientoſt ap-
pris, & ſi vous n'en tombez pas
mort d'étonnement au moins

en ferez vous bien malade. Le
Sieur de Villeville m'infulte,
il tuë mes chiens, il affaffine
mon Veneur, il me chante
poüille, à la verité c'eft de loin,
car de prés . . . . . je n'en dis
pas davantage nous nous verrons, nous nous verrons. Quoy,
dit Monfieur de faint Thomas,
en l'interrompant; vous voulez
mefurer voftre efpée avec la
fienne ? fi je le veux, Monfieur,
s'efcria la Dandinardiere ? je
veux bien autre chofe, je veux
le tüer du premier coup, à
moins de cela je ne feray point
content, il faut vous moderer,
reprit le Baron, vous fçavez la
cruelle deftinée des Dueliftes,
& vous n'auriez qu'à fonger à
fortir promptement du Royaume fi voftre deffein eftoit fçeu
de quelqu'un de vos ennemis.

L'honneur m'a toûjours esté plus cher que la vie, dit la Dandinardiere, si je souffrois si patiemment les nazardes & les croquignolles je n'aurois qu'à deserter mon Chasteau, ces chiens de Normands me traiteroient d'un bel air; je ne les nomme pas chiens, Monsieur le Baron, reprit-il, pour vous faire quelque peine, mais seulement par rapport à la colere que j'ay contre Villeville : Je ne prend pas les choses si fort au pied de la lettre, repliqua Monsieur de saint Thomas, & pour vous marquer que je suis vostre serviteur, s'il est vray que vous ayez bien envie de vous battre je suis tout prest d'aller faire l'appel. La Dandinardiere demeura surpris de cette proposition, le peril estoit

tout propre à ralentir sa colere,
& le zele de son amy luy parut dans ce moment la chose du
monde la plus insupportable.

Aprés avoir resvé quelque
temps il luy dit, croyez vous
en conscience que si je me trouve sur le pré avec ce campa-
gnard qu'on m'en fasse des affaires à la Cour ? il faut vous
ménager un rencontre, repliqua le Baron, je connois Villeville, vous n'aurez aucune peine pour l'engager à se battre.
Est-ce qu'il est brave ? dit la
Dandinardiere d'un air inquiet,
cela va jusqu'à la témérité, repartit le Baron, il a plus tué
d'hommes en sa vie qu'un autre n'a-tué de mouches; J'en
suis ravy, dit-il, en tenant la
meilleure contenance qu'il pût,
voila comme il me les faut. Je

me souviendray toute ma vie
du sixiéme combat que j'ay
fait où j'estramassonnay un espece de Matamore devant qui
l'on ne pouvoit tenir, ô je me
suis toûjours douté, ajousta le
Baron que vous n'estiez pas un
apprentif : mais enfin détermi-
nez vous afin que j'aye le plaisir de vous estre utile : je suis
tout déterminé, dit la Dandinardiere, cependant il ne faut
rien faire en estourdy; dans
quelques jours j'auray l'honneur
de vous voir; & changeant aussi-tost de discours il parla de
plusieurs nouvelles qu'on luy a-
voit mandées de Paris & de
l'Armée.

Monsieur de saint Thomas
avoit trop envie de rire pour
rester plus longtemps chez nostre Bourgeois, bien qu'il ne fut

plus jeune, il n'avoit rien perdu d'une certaine gayeté naturelle qui luy faisoit imaginer
d'assez plaisantes choses. Il con-
prenoit tout l'embarras de la
Dandinardiere, & qu'il estoit
moins fâché contre Villeville
de l'avoir insulté que contre
luy-mesme de s'en estre vanté;
il voulut pousser l'affaire pour
s'en réjoüir, il avoit un valet
assez bien fait, qui luy estoit
venu du fond de la Gascogne,
il n'y avoit point laissé les petits airs fanfarons naturels aux
gens de ce pays-là; il l'instrui-
fit à merveille, & l'envoya deux
jours aprés chez la Dandinardiere, il avoit un buffe, une cravatte
de taffetas noir, un chappeau
bordé aussi grand qu'un para-
sol, & relevé d'une maniere
mutine, un large ceinturon de
                                        cuir

cuir , une écharpe bigarée de plusieurs couleurs , & la plus formidable espée qui eût parû dans le Pays depuis Guillaume le Conquerant.

La Dandinardiere plein de soucy se promenoit sur le rivage de la Mer lorsqu'il vit tout d'un coup ce fier à bras si proche de luy que quelque envie qu'il eût de l'éviter il n'en pût venir à bout. N'estes-vous pas , luy dit-il , avec une voix de tonnerre, & sans presque le saluer, n'êtes-vous pas Monsieur de la Dandinardiere? selon, repliqua-t'il tout effrayé, selon, continua l'autre, qu'est-ce que vous entendez par cette réponse ? j'entens que je ne vous connois point ajoûta la Dandinardiere , & que je me passe aisement de faire de nouvelles connoissances , ainsi

je vous réponds en deux mots
que je m'appelle peut-être la
Dandinardiere, & que peut-être je m'appelle autrement,
voila donc voftre felon expli-
qué, reprit noftre brave, & moy
je vous dis fans autre ceremo-
nie que Monfieur de Villeville eftant bien informé de toutes les gentilleffes que vous de-
bitez fur fon compte, trouve à
propos de vous voir dans trois
jours face à face dans le bois pro-
chain, je luy ferviray de fecond,
vous aurez foin d'enamener un.

La Dandinardiere demeura
fi furpris que le mangeur de petits enfans avoit eu le temps de
s'éloigner avant qu'il fût revenu de fon effroy, il regarda de
tous coftez où il pouvoit eftre,
il ne l'apperçût point, parce-
qu'il s'eftoit gliffé derriere une
falaife qui s'éleve en cet en-

droit, & la Dandinardiere qui
aimoit mieux en cas pareil a-
voir affaire à un demon qu'à
un homme, fe perfuada autant
qu'il le put qu'il s'agiffoit d'u-
ne vifion, que le malin efprit a-
voit pris un corps fantaftique
pour le venir inquieter, & que
préfupofé qu'il fe trompât dans
fa conjecture, il le perfuaderoit
tout au moins au public & fe
tireroit par la honorablement
d'affaire ; il rentra chez luy fi
pafle & fi défait qu'il n'avoit
pas befoin de fe compofer
pour faire croire qu'il avoit eu
grand peur ; il trouva le Prieur
de Richecour & le Vicomte
de Berginville qui l'eftoient venus voir, & qui n'y prirent pas
garde , parce qu'ils s'eftoient
occupez en l'attendant à regarder de vieux Heros dont Mon-

fieur de la Dandinardiere avoit
orné fa falle. Il avoit fait écrire au deffus leurs noms & leurs
principales actions ; mais comme le caractere eftoit petit,
l'on pouvoit à peine le lire,
de forte que le Vicomte &
le Prieur difputoient enfemble,
l'un difoit c'eft Gillet & l'autre c'eft Gillot. Là deffus nôtre
Gentilhomme Bourgeois entra,
ha, Monfieur, luy dirent-il,
vous nous mettrez, s'il vous
plaift d'accord, comment s'appelle ce Seigneur dont voila le
Portrait ? Gille, Meffieurs, re-
pliquat-il, Gille de la Dandinardiere, c'eftoit mon Ayeul, il
fut nourry par Louis onze Roy,
de France, au Chafteau d'Am-
boife, avec Charles huit fon fils,
qui eftoit un petit Roy bien joly & bien fage, ce petit Roy

aimoit mon Ayeul Gille à la
folie , Louis onze craignoit
comme dit l'hiſtoire , que
ſon fils ne luy fit quelque
mauvais tour, & pour s'en garantir il l'eſlevoit tres-mal &
le nourriſſoit de groſſe viande :
mais Gille ſon Favory avoit toûjours de bon gibier & il en faiſoit part à ſon Maiſtre ; de ſorte que pour l'en recompenſer,
il le fit je ne ſcay plus quoy,
je croy pourtant que c'eſtoit
Conneſtable ; ô s'écria le Prieur !
pour Conneſtable je ſoutiens
que nous n'en avons point eu
de ce nom ; n'importe , repliqua la Dandinardiere s'il ne le
fit pas Conneſtable , il fut tout
au moins Amiral de terre ; car il
eſt certain que le voila avec un
baſton de Commandant & cela ne ſignifie pas peu de cho-

fes. Il leur expliqua ainsi tout
ce qu'il avoit fait écrire de
l'Histoire de fes Ancestres qu'il
fçavoit par cœur, & il auroit
continué malgré l'estat où le
mettoit l'apparition du Matamore, fans que le Vicomte qui
jetta les yeux fur luy & qui le
vit bleu, vert, jaline, s'écria
tout d'un coup, helas, mon
bon Monfieur, allez vous mourir? je vous trouvé estrangement
changé.

Aprés ce qu'il vient de m'arriver, dit-il, c'est un coup de
fortune que je fois encore en
vie, & fi j'avois moins de courage il est certain que je ferois mort fur le champ; fi-
gurez-vous, Meffieurs, l'estat
où fe trouve un homme qui
fe voit aborder par un demon,
à la verité fous une forme hu-

maine, mais qui ne laiſſoit pas
d'avoir les yeux pleins d'une
infernale malice, les pieds de
travers, & de grands ongles
crochus. Il leur raconta ce qui
s'eſtoit paſſé au bord de la Mer,
mais quelque ſerieux que le Vicomte & le Prieur affectaſſent,
ils ne pouvoient s'empeſcher
de rire de cette frayeur chime-
rique. Ils s'entrepouſſoient & ſe
donnoient des coups d'œil à la
dérobée, qui ſignifioient aſſez
leurs ſentimens ; enfin aprés de
grandes exclamations ſur une
avanture ſi extraordinaire, ils
luy conſeillerent de ſe faire ſai-
gner, & il y conſentit avec plaiſir, parce que de quelque maniere que tournât la choſe,
c'eſtoit au moins gagner quelque jours de repy.

Il envoya querir le Chirur-

gien, & en l'attendant on dif-
na. La Dandinardiere avoit envie de ne point manger, quoyqu'il eut beaucoup de faim,
car l'air de la Mer donne un
appetit qu'on n'a point ailleurs:
mais fes amis luy dirent qu'il
falloit entretenir fes forces pour
refifter aux hommes ou aux
diables. Il approuva l'avis, &
le fuivit fi exactement qu'il
mangea luy feul plus que ces
deux convives, & que le refte
de fes domeftiques.

Comme le Chirurgien eftoit
affez éloigné de la Maifon de
noftre Bourgeois, le Prieur &
le Vicomte s'en allerent avant
qu'il fût venu, admirant fa folie de vouloir eftre defcendu
d'un Favori de Charles VIII.
& de prétendre que le demon
s'eftoit donné la peine de luy
venir

venir faire peur. Ils convinrent
enfemble qu'il y avoit là def-
fous quelque chofe de fort plaifant, & que le Baron de faint
Thomas feroit tout propre à
débroüiller cette Enigme. Ils
allerent donc coucher chez
luy, & le trouverent avec fa
gayeté ordinaire, bien qu'il
n'eût pas toûjours de fort
grands fujets d'en avoir ; car
fa femme & fes filles, ainfi que
je l'ay déja dit, mêloient fouvent de l'abfinte aux agrémens
de fa belle humeur. Il ne put
s'empêcher d'avoüer à fes amis
le tour qu'il avoit fait à la Dandinardiere; il leur fit voir l'homme qui l'avoit fi fort effrayé,
& leur dit qu'il falloit fe réjoüir encore à fes dépens, qu'il
iroit luy offrir fes fervices contre Villeville, & qu'il leur ren-

droit un compte exact des états
violents où il le réduiroit, par
la propofition d'un düel. Chacun imagina là-deffus ce qui
pourroit rendre la chofe plus
plaifante, & le lendemain le
Baron ne manqua pas d'aller
au petit Château de nôtre Gentilhomme Bourgeois.

Le Chirurgien qui eftoit venu pas fes ordres ne le trouva
pas difpofé à répandre une feule goutte de fon fang, il crût
qu'il fuffifoit de faire courir le
bruit qu'il avoit efté faigné,
il le pria de le dire, & le paya
affez liberalement pour luy faire faire un menfonge encore
plus confiderable. Il ordonna
à fes gens de parler comme le
Chirurgien, & s'étant fait bander le bras il fe mit au lit.

Le Baron de faint Thomas

arriva affez matin pour l'y trouver encore. Son fidele domeftique Alain luy dit qu'il ne pouvoit pas éveiller fon Maiftre,
parce qu'il eftoit malade. J'ay
des chofes trop importantes à
luy communiquer pour m'en
retourner fans le voir, repliqua-t'il, ouvre moy fa chambre, Alain mon amy, il faut
que je luy parle. Le valet
obéït, & le Baron trouva la
Dandinardiere couché en ca-
mifolle de drap noir, qui jadis
avoit efté un jufte au corps,
mais il en avoit retranché
le fuperflu, dont fon bonnet
de laine rouge eftoit couvert; tout le refte de fa toil-
lette répondoit affez bien à ce
deshabillé : Comment, dit le
Baron, vous dormez quand Villeville eft en campagne pour

vous exterminer ? il dit qu'il
envoya hier un brave vous
faire un appel , & qu'il veut
se battre à quelque prix que
ce soit : je ne croy pas conti-
tinua-t'il, que vous puissiez luy
refuser cette satisfaction. La
Dandinardiere l'écoutoit avec
un air épouvanté qu'il n'estoit
plus le maistre de cacher, je
vous avouë, dit-il, que je ne
suis point venu m'établir dans
cette Province pour me couper
la gorge avec personne, autant
m'auroit valu demeurer à Paris,
c'est une ville assez meurtriere,
& où il ne manque pas de gens
capables de tourmenter les autres. J'avois cherché ce canton
pour y vivre pacifiquement; j'ay
du bien, & je n'ay aucun sujet de haïr la vie : pourquoy me
conseillez vous de risquer deux

chofes qui me femblent fi pré-
cieufes? Je vous le confeille comme voftre amy, reprit le Baron,
vous eftes obligé de marcher fur
les traces que vos Ayeuls vous
ont fi glorieufement fraïées.
Voulez-vous perdre voftre honneur pour ménager trois ou quatre coups d'épées? fi le mot de
duël vous déplaift, reglons un
rencontre, je prétends vous fervir. Je feray voftre fecond envers
& contre tous, bien que je hazarde beaucoup; car j'ay une
femme, & deux filles, mais
pour un amy que ne ferois-je
pas? je donnerois jufqu'à mon
ame.

La Dandinardiere fe voyant
fi vivement preffé eut recours à
une feinte qui luy réüffit mal.
Il fe laiffa tomber fur fon chevet, criant de toute fa force,

je me meurs, ma saignée fut
trop grande hier au soir, mon
bras s'est délié, j'ay perdu deux
sceaux de sang cette nuit, l'on
tomberoit en foiblesse à moins,
& là dessus fermant les yeux,
il s'étendit bien resolu de ne
les ouvrir de quatre heures. Le
Baron qui sçavoit à quoy s'en
tenir le tiraïlla, & luy donna
deux ou trois chiquenaudes,
que le pacifique moribond souf-
frit avec une patience admirable. Il courut ensuite prendre
une éguiere dont il luy jetta
l'eau si rudement au visage, que
la Dandinardiere craignant une
seconde inondation ouvrit ses
petits yeux, & devint tout rouge de colere. Je vous prie, Monsieur, dit-il, que si vous me
voyez jamais évanoüy, vous me
laissiez plustost mourir que de

me foulager comme vous venez de le faire. Mon zele eft mal
payé, repliqua le Baron; mais
n'importe je fuis voftre amy, &
voftre ferviteur, pourveu que
vous vous bâttiez je feray content. Mon Dieu, Monfieur,
laiffez moy le loifir de me tran-
quilifer, répondit la Dandinardiere, vous eftes plus preffé
que Villeville ; voulez - vous
qu'il vous affaffine, ajoûta le
Baron ? c'eft la deftinée de la
plufpart des gens qui refufent
les affignations qu'on leur donne ; cette menace inquieta nôtre petit homme : il faut que
je refve un peu fur cette affaire, dit-il, je vous donneray enfuite une réponfe pofitive. Monfieur de faint Thomas jugea
qu'il le fatigueroit trop, s'il le
harceloit davantage, & aprés
C iiij

l'avoir embraffé à l'étouffer, il
retourna chez luy, quelques inftances que la Dandinardiere
luy fit pour l'arrêter à difner.

Dés qu'il fut feul, il fongea
tres-férieufement aux engage-
mens d'honneur où il fe trouvoit, il crut avoir un fecret
merveilleux pour fauver fa reputation & garantir fa peau, c'é-
toit de faire battre Alain contre Villeville revétu de fes belles armes, & de paroiftre chez
le Baron & ailleurs avec les
mêmes armes, afin que l'on crût
toûjours que c'eftoit luy. Il appella fon fidelle Alain : je ne
doute point de ton affection,
luy dit-il ; mais il eft de certaines chofes qui ne dépendent
pas abfolument de nous, par
exemple, l'on a beau vouloir
eftre brave ; fi l'on eft poltron,

tous les efforts qu'on fait font
inutiles; à mon égard je fuis né
avec un cœur de Roy, ou d'Empereur plein de courage, & de
refolution, fi je pêche en quelque chofe, c'eft que j'en ay
trop ; or tufçauras, Alain, que
ce miferable Villeville veut fe
battre contre moy, fi je m'y re-
fous, c'eft un homme mort du
premier coup, j'ay du bien, il
m'eft fâcheux de le perdre, &
comme il eft brutal il pourroit
encore me tuer, avant que j'euffe mis ordre à l'en empefcher.
Le feul remede que j'imagine
dans cette affaire, c'eft que tu
paroiffe fur le pré à ma place
pendant que je feray des vœux
pour toy.

Alain étoit le plus doux de
tous les hommes, cette propofition luy fembla la chofe du

monde la plus cruelle, & la
plus éloignée du bon fens : il
refva un peu, afin de payer fon
Maiftre d'une excufe agreable & luy dit enfuite, à moins
de me donner voftre vifage,
voftre air, & voftre taille, comment voulez-vous que je vous
reffemble, & que je trompe
monfieur de Villeville? Si j'ap-
planis cette difficulté, repartit
la Dandinardiere me promets tu
de te battre? oüy Monfieur,
dit Alain, (croyant la chofe
impoffible) & fi tu y manque,
qu'eft-ce que je te feray? tout
ce qu'il vous plaira, continua
le bon Alain. Hé bien dans peu
nous verrons fi tu as du cœur
& de l'honneur, ajoûta la Dandinardiere. Alain l'entendant
fe prit à trembler fi fort qu'il
pouvoit à peine fe foûtenir, il

pensa auffitoft que ce même demon qui avoit entretenu fon
Maiftre au bord de la Mer,
pourroit bien luy avoir enfei-
gné quelque fecret extraordinaire. Ecoutez au moins, Monfieur, luy dit-il, que le diable
ne s'en mêle pas, je vous en prie;
je ne me veux damner pour
perfonne, je hay les forciers,
& tous leurs tours; je renonce
au Pact, & puifqu'il y en a, je
ne veux pas me battre, quand
il y auroit cent piftolles à gagner. La Dandinardiere de-
fefperé de la poltronnerie d'A-
lain prit un bâton, & le roüa
de coups: tu peux compter, luy
dit-il, de recevoir tous les jours
un pareil traitement jufqu'à ce
que tu aye pris la refolution de
m'obéir. Alain fe fauva tres-
dépité, & tres refolu de quitter
fon Maiftre.

La Dandinardiere étoit agité de mille foucis ; le temps du rendez-vous approchoit fans qu'il eût pris aucune mefure pour l'éviter. Il avoit acheté à un vieux Inventaire deux cuiraffes, deux cafques, des gantelets, & le refte de l'équipage d'un homme de guerre ; de forte qu'il vouloit en habiller Alain, croyant bien que la vifiere de fon cafque étant baiffée, Villeville ne pourroit le reconnoiftre. Il alla chercher fon valet par tout, il le trouva retiré triftement dans un petit caveau fombre, où il adoucifloit fes douleurs proche d'un tonneau, dont la liqueur luy fembloit excellente pour guerir les coups de bafton.

Viens çà faquin, luy cria-t'il du haut de l'efcalier, viens

voir fi je fuis forcier, ou fi tu
es fol ; Alain fe hafta d'ache-
ver fon pot, & monta plus gay
qu'il n'étoit defcendu : car il
avoit pris un peu de joye,
dans cette voûte fouterraine.
Il fuivit fon Maiftre jufqu'à fa
chambre, & demeura bien effrayé de l'habillement de fer.
La Dandinardiere luy com-
manda de le mettre ; par où
m'y prendray-je, Monfieur ? je
connois auffi peu cela que la Loi
du grand Turc : je vais t'aider
gros maroufle, repliquât-il; car fi
je ne fuis ton valet de chambre,
tu n'auras jamais l'efprit de t'habiller. Il luy mit en même
temps la jcuiraffe qui étoit fi é-
troite qu'il fallut qu'Alain
quittât jufte au corps, & pour-
point ; de forte que l'armure

luy écorchoit la peau. Voila,
difoit la Dandinardiere comme font les plus grands Rois,
lorfqu'ils vont à la guerre. Ces
Rois là, dit Alain, n'ont guerre d'efprit, quand ils peuvent
avoir du velours, & du fatin
tant qu'il leur plaift, de mettre
une vilenie comme cela ; j'ai-
merois mieux m'habiller d'un
lit de plume. O le coquin !
s'écria la Dandinardiere, tu ne
parviendras jamais, l'on connoift
bien dans les petites, comme
dans les grandes chofes les in-
clinations des gens de qualité,
ou des miferables : par exemple, moy qui fuis homme de
qualité, je voudrois boire,
manger, & dormir le harnois
fur le corps ; oüy, dit Alain,
mais vous ne voudriez pas y
rencontrer Monfieur de Ville-

ville, & c'eſt Dieu mercy pour
moy que vous reſervez le combat. La Dandinardiere toutfaſ-
ché ne répondit rien ; il prit
le caſque, & le ficha ſur la
teſte du pauvre Alain avec tant
de force & ſi peu de ménage-
ment, qu'il en penſa mourir :
car étant là-deſſus auſſi peu ex-
pert que ſon valet, il avoit mis
la viſiere derriere la teſte ; le
bon Alain preſt à expirer a-
voit beau crier, & même hur-
ler, la Dandinardiere perſuadé que c'étoit par une pure malice & manque d'habitude,
n'en faiſoit que rire ; enfin
il s'apperçut de ſa mépri-
ſe, il y remedia promptement,
Alain étoit déja tout changé :
mais la joye de reſpirer luy fit
dire d'aſſez plaiſantes choſes.

Aprés qu'il fut armé, ſon

Maiſtre s'arma à ſon tour, &
le trainant devant un grand
miroir, il luy dit : qui es tu à
ton avis ? hé, Monſieur, je ſuis
Alain, tu es un ſot, reprit ſon
Maiſtre : ne vois-tu pas bien que
tu es Monſieur de là Dandinardiere ? Quand la viſiere de nos
caſques eſt baiſſée il n'y a aucune difference, & je ſuis ſeur
que Villeville n'y en fera jamais. Prend - donc un peu de
cœur, mon pauvre garçon,
continua-t'il, je ne prétends
pas que tu te battes gratis, je
te promets mort ou vif une
bonne recompenſe. Si tu es
tué, je te feray enterrer honorablement comme un Seigneur
de Paroiſſe, & ſi tu en reviens,
je te marieray à Richarde,
qu'il me ſemble que tu ne hais
pas. Tient voila d'avance trois
pieces

pieces de quinze fols, & quelque menuë monnoye, tu conçois bien que ta fortune fera faite. Alain qui avoit trop bû de quelques coups , voyant l'argent de fon Maiftre joint à fes promeffes fe laiffa toucher , & s'écria fur le ton d'un Heros, allons donc nous battre, dit-il, puifqu'il ne faut que cela pour eftre riche , & pour plaire à ma Richarde. La Dandinardiere penetré de joye luy fit encore de nouvelles careffês.

Le Baron de faint Thomas étoit attendu impatiemment chez luy par le Vicomte, & le Prieur. Ils fe réjoüirent beaucoup enfemble de l'état où nôtre Bourgeois étoit réduit, & refolurent qu'il luy en couteroit quelque chofe pour avoir

la paix. La Dandinardiere feur
de fon Alain ne manqua pas
d'aller chez le Baron de faint
Thomas. Il s'arma de toute
piece, il avoit orné fon cafque d'un vieux bouquet de
plumes, & pour fe rendre encore plus terrible, il coupa la
queuë d'un affez joly cheval
qu'il avoit & la laiffa flotter
comme un panache fur fes é-
paules, fon efpée étoit des plus
antique. L'on auroit pû le prendre en cet équipage pour le
Cadet de Dom Quixotte,
& l'on peut dire fans mentir,
qu'il étoit auffi fol : mais qu'il
étoit moins brave. Il fe fit fuivre par Alain digne imitateur
de Sancho Panfa.

La Dandinardiere ne laiffoit
pas de craindre la rencontre
malheureufe de Villeville. Il

eſt vray qu'il avoit une grande confiance à la viſiere de ſon
caſque qui étoit baiſſée , &
par laquelle il pouvoit à peine
reſpirer. Il eſt impoſſible que
je puiſſe eſtre reconnu de mon
ennemy , diſoit-il à Alain ,
en tout cas s'il m'abordoit, je
luy dirois tout d'abord qu'il
n'aille pas s'y méprendre , &
que je ne ſuis point la Dan-
dinardiere.ˈ Aprés une telle
declaration , il ſeroit bien im-
pertinent de me pouſſer à bout.
Le Valet approüvoit fort ſa
prudence, ils continuoient de
parler quand il penſa tout d'un
coup que le bon Alain étoit
propre à découvrir ce qu'il vouloit tenir caché ; car il n'étoit
pas armé comme luy , & il y
avoit ſi peu que Villeville l'a-
voit battu, qu'à coup ſeur il

remettroit son idée, & feroit encore quelque tour de promptitude, dont il n'étoit que trop fatigué.

Il s'arresta promptement pour commander à Alain de s'en retourner, & que s'il ne revenoit pas le soir, il ne s'en inquietât point, qu'il pourroit coucher chez le Baron ; mais qu'à bon compte il ne manquât pas de s'exercer à faire des Armes ; parce que cela pourroit estre necessaire avant qu'il fût peu. Alain demeura surpris de cet ordre, il avoit déja assez pris l'air pour dissiper une partie de la belle humeur que son sejour dans le caveau luy avoit inspiré. Il luy repliqua avec une mine renfrognée qu'il n'avoit aucune envie de se battre, & que jamais homme ne feroit plus neuf que luy à ce mêtier.

La Dandinardiere ne l'écoutoit plus, dont bien luy en prit ; car les coups de bafton ne luy auroient pas manqué. Il fuivoit fa route le long de la Mer, lorfqu'en approchant d'un petit pavillon qui terminoit un affez grand jardin, il entendit tout d'un coup une perfonne qui difoit Marthonide, ma fœur, venez, venez, dépêchez-vous, voila un Chevalier qui paffe tout armé.

La Dandinardiere ne doutant point qu'on ne parlât de luy leva gravement la tefte, fe fçachant, le meilleur gré du monde d'avoir pû infpirer de la curiofité : mais que devint-il lorfqu'il apperçût deux belles & jeunes perfonnes à une

feneftre grillée ; il leur fit une
fi profonde reverence que fans
la vifiere de fon cafque, il fe
feroit bleffé le nez à l'arfon de
fa felle. Auffi-toft chacune luy
rendit fon falut avec ufure,
c'étoient les filles du Baron de
faint Thomas, que la Dandinardiere n'avoit jamais veuës;
bien qu'il luy eût rendu plufieurs vifites, & comme ils é-
toient nouveaux les uns pour
les autres, il feroit difficile
d'exprimer l'admiration reci-
proque qu'ils s'infpirerent.

Le petit la Dandinardie-
re étoit affez fufceptible de
tendreffe, & affez galant pour
eftre ravy d'un rencontre fi
imprevû & fi agréable, & pour
les Demoifelles, elles avoient
dans la tefte un tel nombre
d'avantures extraordinaires de

Chevaliers errans, de Heros, & de Princes qu'elles s'étonnerent bien moins de voir la Dandinardiere dans cet équipage burlefque, qu'il ne s'étonna que deux perfonnes fi aimables demeuraffent au bord de la Mer, dans un petit pavillon écarté de tout le monde.

Virginie qui étoit l'aînée des deux fœurs, & qui s'appelloit Virginie au lieu de Marie, (car s'étoit fon veritable nom, de même que Marthonide avoit nom Marthe) Virginie, dis-je, rompit le filence la premiere. Bien qu'il foit aifé de juger, Seigneur, dit-elle à noftre Bourgeois, que vous avez des affaires preffantes qui vous appellent dans quelque endroit important, permettez que nous vous arreftions pour vous de-

mander par quel hazard vous
paſſez devant nos feneſtres? La
Dandinardiére ravy d'avoir été
appellé Seigneur, ne voulut pas
ceder en civilité, & leur repartit: Puiſque vos divines Alteſ-
ſes daignent arreſter les yeux
ſur un infortuné tel que moy, je
leur diray qu'une affaire d'honneur m'oblige de me rendre icy.
Quoy, noble Chevalier, s'écria
Marthonide, en l'interrompant,
vous allez vous battre? & qui
eſt le Témeraire qui oſe ſe trouver en champ clos avec vous?
La Dandinardiere étoit tranſ-
porté des jolies choſes qu'il
entendoit, il n'avoit en ſa vie
trouvé tant d'eſprit à perſonne.
Je ne puis vous nommer mon
adverſaire, Meſdames, reprit-
il, quelques raiſons m'en em-
peſchent. Je vous aſſure ſeulement

ment que je ne luy auray pas
pluftoft coupé la tefte que je
la pendray à vos feneftres,
comme un hommage que je dois
à vos beautez. Ha ! Seigneur,
gardez vous-en bien, s'écria
Virginie, vous nous feriez mourir de peur ; il repartit qu'il
aimeroit mieux mourir luy-même que de leur déplaire, qu'il
avoit pour elles des fentimens
fi vifs , & fi délicats, qu'on
n'avoit jamais fait tant de pro-
grez en fi peu de temps, &
qu'il étoit au defefpoir que fes
affaires l'obligeaffent à les quitter. Il eft vray qu'il voulut a-
vant que de prendre congé d'elles , faire faire à fon cheval
quelques tours de maneges, &
luy appuyant l'éperon dans le
ventre, il luy retira en même
tems la bride fi rudement, que

Tome II. E

le pauvre cheval ne ſçachant
plus ce qu'on luy demandoit,
ſe cabra, & la Dandinardiere
voyant le peril ſans ſçavoir le
remede, luy donna une ſacade
encore plus violente, dont le
cheval ſe renverſa tout-à-fait
ſur luy.

Qui auroit entendu les
cris des deux Princeſſes grillées, auroit bien jugé que leur
nouveau Heros étoit en péril,
il y étoit en effet : car ſon cheval trop peſant l'étouffoit, les
cailloux qui couvroient le rivage luy briſoient les coſtes,
ſon caſque mal attaché étoit
ſorty de ſa teſte, & ſa teſte
portant contre une petite roche, qui ſe trouva là par malheur ſe meurtrit cruellement.
A cette veuë Marthonide per-
dit toute patience , & dit à

Virginie de refter à la feneftre pendant qu'elle iroit avertir du défaftre de ce Chevalier.

Elle courut dans la chambre de fon pere, il étoit avec le Vicomte & le Prieur qui fe regaloient de Caffé, ah ! Monfieur, luy dit-elle, venez promptement vers le rivage, un Chevalier errant, un Heros armé de pied en cap eft dangereufement bleffé, il a befoin de voftre fecours. Le Baron accoûtumé aux faillies de fes filles crut qu'il y avoit de la vifion dans ce que celle-cy luy difoit ; eft-ce un Chevalier de la table ronde, ou l'un des douze Pairs de Charlemagne, luy dit-il en fouriant ? je ne le connoift point, luy dit-elle, d'un air trifte & ferieux, tout ce que je fçay, c'eft qu'il a un pe-

E ij

tit cheval gris, dont les crins
font ratachez de rubans verds
& l'oreille droite coupée. A
ces enfeignes le Baron & le
Vicomte reçonnurent le pauvre la Dandinardiere, ils s'entre-
regardoient bien étonnez d'entendre ce que Marthonide leur
difoit, & fans s'arrefter à la
queftionner davantage, ils fe
hafterent d'aller du cofté qu'elle leur marqua.

Ils trouverent noftre infortuné Bourgeois tres-veritable-
ment évanoüy, fon équipage
les furprit : quelle folie, di-
foient-ils, fe peut-il une plus
finguliere métamorphofe ? enfin
avec le fecours de l'Eau de la
Reine de Hongrie, & de tout
ce qu'ils purent imaginer, ils
le firent revenir à luy. Il parut
étonné de l'état où il étoit, &

prit le chemin de la maiſon de
Monſieur de ſaint Thomas a-
puié ſur luy & ſur le Vicomte.

Virginie & Marthonide qui
étoient à leurs feneſtres ſe demandoient l'une à l'autre par
quel hazard leur pere connoiſ-
ſoit ce brave Chevalier, puiſqu'aparamment il n'étoit pas du
pays ; pour en eſtre informées
elles allerent dans la chambre
de Madame de ſaint Thomas,
à laquelle ſon mary venoit de
dire l'avanture de leur bon
voiſin la Dandinardiere. Elle
demanda s'il reſteroit longtems
& s'il prétendoit ſe faire guerir à leurs dépens ; car elle é-
toit auſſi avare pour les autres
que prodigue pour elle. Il luy
dit qu'elle ne s'inquiétât point,
que c'étoit un homme fort riche, & qu'il en uſeroit bien.

E iij

Puis la tirant à part dans son cabinet, le Vicomte de Berginville, continua-t'il, m'a communiqué une pensée qui luy est venuë, & que je ne trouve point trop mauvaise, ce seroit de tâcher que la Dandinardiere épousât Virginie ou Marthonide, je ne suis pas en état de leur donner beaucoup, & s'il goûtoit cette affaire, j'en aurois bien de la joye.

Mais, Monsieur, repliqua Madame de saint Thomas, qui avoit aussi ses visions, vous sçavez quels sont nos Ancestres, serions nous capables de més-allier nostre Sang, & d'en avilir la noblesse par un Mariage inégal ? croyez moy, Madame, dit le Baron, la qualité sans bien cloche beaucoup, & je voudrois que ce Bourgeois tout

Bourgeois qu'il eſt, fût d'humeur à s'enteſter, n'allez pas
en parler ſur un autre ton à
vos filles, vous eſtes toute capable de gâter ce que j'auray
conduit avec aſſez de peine.
Eſt-ce, s'écriâ-t'elle, en changeant de couleur que je ne ſuis
pas leur mere comme vous eſtes
leur pere ? ne dois-je point en
cas pareil eſtre conſultée,& mon
avis n'eſt-il pas auſſi judicieux
que le voſtre ? non, Monſieur,
mes filles n'épouſeront qu'un
Marquis ou qu'un Comte, qui
fournira ſes douze quartiers &
même plus : courage, dit froi-
dement Monſieur de ſaint Thomas, courage, Madame, ſoute-
nez bien la dignité de vos
Ayeuls, & gardez vos filles encore cinquante ans. La Baronne
deſeſperée ſe mit à luy chan-

ter injure ; le tintamare qu'ils
faifoient attira dans le cabinet
le Vicomte & le Prieur , je
prends ces Meſſieurs pour Juges , dit le Baron , & moy je les
recuſe , dit la Baronne, ſans compter qu'ils ſont plus de vos amis
que des miens , ce ſont eux
qui vous ont conſeillé ce beau
Mariage , ils ne voudront pas
en avoir le démenty.

Ces Meſſieurs qui avoient de
l'eſprit, entrerent ſans aigreur
dans ce different, & la prierent
d'agir ſans paſſion ſur la choſe
du monde la plus aiſée à regler,
puiſqu'elle conſentoit à tout,
pourveu que ſon gendre futur
eût de la naiſſance. Qu'ils pouvoient atteſter que ſa ſalle é-
toit pleine de Portraits de tous
ſes grands peres, & qu'ils en
avoient remarqué un entre au-

tres appellé Gilles de la Dandinardiere, qui étoit pour le moins Connetable fous le Regne de Charles VIII. La Baronne à ces mots fe radoucit beaucoup, elle ferra la bouche, pour l'avoir plus petite, & donna fa parolle que fi cela étoit ainfi, elle ne troubleroit point la fefte. Ces Meffieurs luy confeillerent d'aller voir le pauvre bleffé pour luy offrir les fecours dont on a befoin en tels accidens.

Elle ne vouloit jamais paroiftre qu'elle ne fût fous les armes, c'eft-à-dire fort ajuftée, de forte qu'elle changea de corps, de robe, de jupes, de cornettes, de tour de cheveux, de rubans, & aprés avoir paffé plufieurs heures à fa toilette, elle entra dans la chambre de la Dandinardiere.

Il avoit été déja pencé par le Chirurgien de Village, qui étoit un grand ignorant, & qui disoit toûjours qu'il falloit craindre d'enfermer le loup dans la Bergerie ; de sorte qu'il coupoit bras & jambes, en un besoin la teste, afin d'éviter ce redoutable loup. Il vouloit un peu joüer du bistoury sur le pauvre blessé : mais aussi-tost qu'il l'apperçut dans sa main, il s'écria de toute sa force: Monsieur de saint Thomas je me mets sous vostre protection, ne souffrez point qu'on me fasse plus de mal que je n'en ay ; à ces mots le Baron empêcha que Maistre Robert ne fist des siennes.

Madame la Baronne le trouva plus inquiet que malade ; car sa blessure n'étoit pas aussi

grande qu'elle auroit dû l'eftre
par rapport à l'horrible coup
qu'il s'étoit donné. Elle luy
offrit honneftement de le garder chez elle jufqu'à ce qu'il
fût gueri, de luy tenir compagnie & même d'amener fes filles dans fa chambre pour l'entretenir; j'ofe dire, ajoûta-t'elle fans trop de vanité qu'elles
ont de l'efprit & le goût déli-
cat. Elles aiment la lecture, elles fçavent en profiter, elles
vous diront les Amadis de Gau-
les par cœur. Madame, répondit la Dandinardiere, je croy
tout ce que vous me dites:
mais le hazard m'ayant fait rencontrer deux jeunes Alteffes
d'une beauté incomparable,
j'en ay l'idée fi remplie, que je
feray bien aife de n'en point
voir d'autres qui puiffent les

effacer de mon souvenir ; ce
que je vous dis n'est point par
un manquement de respect pour
Mesdemoiselles vos filles : mais
bien plustost par une crainte de
les trouver trop belles. La Baronne rougit de chagrin, & se ren-
gorgea un peu. : les volontez
sont libres, Monsieur, luy dit-
elle, je croiois vous faire plaisir : mais en effet il n'est pas
trop necessaire que mes filles
viennent icy. Elle se leva aussi-
tost , & comme elle étoit de
méchante humeur, elle pensa
étrangler son mary, & le Vicomte, leur reprochant les pas
inutiles qu'elle venoit de faire ; car enfin, j'ay certains pres-
sentimens, continua-elle, qui ne
me trompent jamais ; je me
doutois bien que je ne serois
pas contente de ma visite , ce

petit homme eſt amoureux de
deux ou trois Princeſſes, vraye-
ment il n'auroit garde de ſon-
ger à Virginie.

Monſieur de ſaint Thomas
qui aimoit la paix dans ſa maiſon, ne voulut point aigrir ſa
femme, & s'étant allé promener dans ſon jardin avec le Vicomte & le Prieur, ils s'en-
tretinrent des extravagances de
la Dandinardiere. De qui veut-
il parler diſoit-il, & en quel
lieu a-t'il vû ces Princeſſes ſi
charmantes? Il faut que la tête
luy ait abſolument tourné: vôtre conſcience en eſt char-
gée, répondit le Vicomte, depuis l'appel que le Gaſcon
luy a fait de la part de Villeville; il n'a pas eu un moment
de bon ſens, & cette armure
qu'il porte en eſt une preuve
aſſez convaincante.

Le lendemain matin, tous ces Meſſieurs vinrent dans ſa chambre, & aprés quelques momens de converſation, il témoigna qu'il vouloit parler en particulier au Baron : les autres ſe retirerent ; il reſta ſeul avec luy & prenant ſes mains qu'il ſerra entre les ſiennes, puis - je compter ſur vous, luy dit-il, comme l'on compte ſur un amy inviolable? vous le pouavez ſans doute, repliqua le Baron, je fais profeſſion d'eſtre des voſtres ; il faut donc que vous ſcachiez, reprit la Dandinardiere, que j'étois dans le deſſein de me trouver au rendez-vous de Villeville tout armé au moins ; car je ne me ſuis jamais battu autrement, & ſi cela ne luy convient pas, il n'a qu'à me laiſſer en repos,

je n'en rabatterois pas un gan-
telet ; je venois vous trouver
pour vous prier de l'en avertir,
afin qu'il cherchât des armes
pareilles , si par hazard il en
manquoit, n'étant point capable de vouloir aucuns avantages sur luy, & tenant les re-
gles d'honneur & de Chevalerie écrite sur mon front; enfin
pour ne vous pas ennuyer par
un discours trop long, je vais
vous ouvrir mon cœur & vous
dire en trois mots que je suis
amoureux. Vous estes amoureux,
s'écria le Baron, en l'interrompant, y a t'il long-temps ? vingt-
quatre heures, dit-il, & quelques minuttes si je compte bien :
mais je n'ay pas toûjours été insensible aux charmes de la beauté, j'ay aimé, & je faisois des
coups de galanteries qui éton-

noient tout Paris, & groſſiſ-
foient le Mercure galant. Enfin
quelques Ducheſſes, que je ne
nomme pas m'aïant joué un
mauvais tour, & fait trente infi-
delitez atroces, je vous avouë
que j'ay pris le mors aux dents,
& que piqué contre mon étoil-
le, je partis pour me venir pré-
cipiter au fond de la Mer :
mais ayant trouvé une belle
ſituation, je préferay d'y bâtir
mon Château preſque en l'air,
& d'y vivre dans une Létargie
philoſophique.

Voila, Monſieur, l'état où j'é-
tois ſans amour, ſans procés,
ſans ambition, plein de joye &
de ſanté, lorſque mon premier
malheur commença par la bru-
talité de Villeville, & l'imper-
tinence d'Alain, de s'en eſtre
vanté. Ce coquin m'a fait une

affaire

affaire d'honneur dont je fuis
entre-nous, chargé comme d'u-
ne montagne ; car je n'ay aucune envie de perdre mon bien
& de m'exiller de France. Je
n'avois pas laiſſé que de me re-
foudre à ce maudit duel, à
condition comme je l'ay dit,
que je ferois armé, & je venois
pour vous informer de mes deſ-
feins, lorſque paſſant au bord
de la Mer, j'ay entendu deux
jeunes perfonnes qui parloient
affez haut. Leur voix étoit d'u-
ne douceur à charmer, j'ay re-
gardé de tout coſtez, j'ay vû un
petit pavillon dont les feneſtres
font grillées, & des Princeſſes
ou demy Princeſſes, qui m'ont
ravy ; celle particulierement qui
eſt blanche & blonde a tout-à-
fait gagné mon cœur. Elles m'ont
parlé avec une politeſſe, une mi-

Tome II.   F

gnardife, un Energie, une....
je n'aurois jamais fait fi je
voulois exprimer l'agrément de
ce qu'elles m'ont dit, & quand
elles m'appelloient Seigneur,
(ce qui fait affez connoiftre
qu'elles n'ont commerce qu'a-
vec des Rois & des Princes)
quand elles m'appelloient donc
Seigneur, il me fembloit qu'elles enlevoient mon ame comme un Milan enleve un Pigeon.
Dans les mouvemens de ref-
pect & d'admiration qu'elles
m'infpiroient, je fçavois fi peu
ce que je faifois, qu'au lieu
de me donner l'air d'un homme de cheval, je fuis mal a-
droitement tombé fur des cailloux, où ma tefte s'eft mal ac-
commodée, de forte que je fuis
à l'heure qu'il eft amoureux,
malade, chargé d'un procedé

contre Villeville, & le plus infortuné de tous les mortels.

La Dandinardiere fe tût en cet endroit, pour foupirer trois ou quatre fois, comme un homme accablé de douleur. Le Baron l'avoit écouté fans l'interrompre, il leva alors les mains & les yeux vers le Ciel, marquant beaucoup de furprife des grands évenemens qu'il venoit de luy raconter, & foupira à fon tour ; car il n'étoit point avare de fes foupirs. Prenez courage, dit-il, mon cher amy, il faut tout efperer du temps. Ha! Monfieur le Baron, reprit la Dandinardiere, voila un étrange cahos à débroüiller : mais le plus preffé à l'heure qu'il eft, c'eft mon amour, & ma fanté. Je vous prie de m'en-

voyer querir un Chirurgien,
plus habile que Maiſtre Robert, & de vouloir écrire une
lettre pour moy à ces belles
perſonnes dont je viens de vous
parler, pourveu que vous
la dictiez, repliqua Monſieur
de ſaint Thomas je ſeray volontiers voſtre Secretaire. Je
vous épargnerois cette peine,
ajoûta la Dandinardiere, ſi ma
teſte étoit en meilleur état, & je
ne ſcay même comment j'en
pourray tirer mille jolies choſes
que je voudrois leur mander ;
il ne faut là-deſſus conſulter
perſonne, dit le Baron, vous
êtes touché, & vous avez beaucoup d'eſprit : commençons ; il
prit une écritoire. Pendant qu'il
ſe préparoit à écrire, la Dandinardiere reſvoit, & ſe ron-
geoit les ongles : Voicy ce qu'il
dicta.

ALtesses grillées, qui brûlez
tout le monde, il me sem-
ble que vous êtes deux Soleils,
qui frappant sur le Cristal obtique
de mes yeux, reduisez mon cœur
en cendres. Oüy je suis cendre,
charbon, fournaise, depuis le moment fatal & bien heureux que
je vous apperçûs à la grillade, mes
Belles, & que ma raison deraison-
nant s'est évaporée jusqu'à vous
sacrifier mon tendre cœur. Je per-
dis alors la tramontane, vous fû-
tes les coupables témoins de ma
chûte ; j'ay versé mon sang au pied
de vos murs, & j'y répandrois
mon ame, si le Sacrifice vous en
étoit agreable. Je suis Mesdemoiselles, vostre plus soûmis esclave,
GEORGE DE LA DANDI-
NARDIERE, petit fils de Gille de la Dandinardiere, favory de

Charles VIII. *& son Conneta-*
ble, ou quelque chose d'appro-
chant.

Ah ! s'écria-t'il tout joyeux ,
aprés avoir lû & relû sa lettre,
voila une lettre à dire la verité
qui m'a coûté un peu , mais aussi
elle est excellente , je vois bien
que je n'ay pas encore tout-à-
fait perdu le stile qu'on admi-
roit tant à la Cour, & qui me
distinguoit assez avantageuse-
ment. Je suis si confus, dit le
Baron , de voir avec quelle
facilité vous avez fait ce vray
chef-d'œuvre , que j'ay envie
de m'en mettre en colere. Oüy
Monsieur, je mangerois plûtôt
le cornet, l'ancre, la plume &
le papier , que d'en faire autant en un mois ; que l'on est
heureux quand on a de l'esprit !
ho, ho, ho, dit nostre Bour-

geois, ne me loüez pas tant,
mon cher Baron, vous me don-
neriez trop de vanité ; j'avoüe
neanmoins que cette compa-
raifon de verre optique, me
plaift infiniment, c'eft - là ce
qu'on appelle une penſée nouvelle, ajoûtez-y, & tres-fubli-
me, dit le Baron, fentez-vous
le petit jeu de mots, grillées,
grillades, rien ne convient davantage au fujet, continua le
pauvre la Dandinardiere ; je
ne veux pas vous celer que
dans ces fortes de chofes, j'ay
un genie fuperieur ; mais ca-
cherons la lettre d'une maniere fi galante, qu'elle réponde à
ce qu'elle renferme. Il faut de
la foye verte, & une devife,
j'ay un cachet dans ma poche
qui y fera propre ; c'eft une
femme appuyée fur un ancre,

qui donne à tetter à un petit amour, & les paroles de l'Emblême font

L'Efperance nourrit l'Amour.

Il me fouvient, dit Monfieur de faint Thomas, d'en avoir là une femblable. De quelqu'endroit que vous l'ayez eûe, elle vient de moy, reprit hardiment la Dandinardiere, toute la Cour l'a admirée, le Roy l'a fait graver, & rien n'étoit bien en fait de Devife, fi elles n'étoient de ma façon. Je le croy fans peine continua le Baron, vous avez un feu, & une vivacité qui vous feroit réüffir à quelque chofe encore plus difficile : mais à propos, je doute que ma femme foit fournie de foye platte. N'importe, dit la

la Dandinardiere, pourvû qu'elle soit verte. j'en seray content.

Monsieur de saint Thomas sor-
tit, il en envoya chercher par le
Gascon qui n'osoit entrer ; car
la Dandinardiere l'auroit re-
connû pour son Matamore. A-
prés avoir foüillé dans vingt
tiroirs differens, il s'avisa d'aller au pavillon de Mesdemoiselles de saint Thomas, il leur
dit que le Gentilhomme blessé
demandoit de la soye verte, &
de la cire pour cacheter une
lettre. Comme elles n'avoient
pû sur aucun pretexte aller
dans sa chambre, elles furent
ravies de celuy qui s'offroit;
n'attendez point, luy dirent-
elles, nous n'avons ny soye ny
cire. Le Gascon retourna en
demander à toute la maison
pendant que ces deux belles

filles se gliſſerent le long des
Charmilles du jardin, pour n'ê-
tre point vûës de leur mere ;
& tenant un petit coffre d'é-
caille garny de feüilles d'argent
fort minces , où elles avoient
mis de la cire , de la pou-
dre brillante , du papier
doré, & des pelotons de ſoyes
de toutes les couleurs , elles entrerent dans la chambre de la Dandinardiere , &
s'approcherent de ſon lit , a-
vant que leur pere qui étoit
tourné les eut apperçûës; mais
le petit homme qui les reconnût du premier coup d'œil, pouſſa un grand cry, & ſe tremouſ-
ſant dans ſon lit , il diſoit place,
place aux Princeſſes. Il eſt certain que le Baron le crût alors
tout-à-fait inſenſé ; cependant
le bruit qu'il entendit derriere

luy, l'obligea de tourner la tête,
il demeura surpris de voir là
ses filles.

Voila Virginie & Marthonide, dit-il, qui vous viennent
voir, elles ont sçû sans doute
que j'étois dans voftre chambre ; Mon pere, répondit l'aînée, on nous eft venu dire de
voftre part, que ce jeune Etran-
ger avoit befoin de foye pour
cacheter une lettre, nous luy
en apportons. La Dandinardiere confus d'une fi grande faveur, ne répondoit rien, il é-
toit agité de mille differentes
penfées; il croyoit aimer une
Alteffe, & il falloit defcendre
de plufieurs degrez, il avoit
fait fa lettre dans cet efprit,
elle ne luy fembloit plus con-
venable à des Demoifelles de
Province, il avoit un regret

mortel de perdre les applau-
dissemens qu'elle méritoit. Il
s'étoit fait un plaisir de con-
duire cette intrigue galante, &
d'avoir un Homme de qualité
pour confident : mais il trouvoit dans son confident le pere de sa Maistresse. La chose
selon luy ne pouvoit plus être
misterieuse, elle changeoit bien
d'espece, c'étoit un sujet de
désespoir, d'ailleurs il étoit ravy de retrouver les charmantes inconnuës ; leur empres-
sement pour venir dans sa chambre flattoit beaucoup sa vanité
& son cœur ; toutes ces differentes choses l'agitoient à tel
point qu'il ne pouvoit parler.

Le Baron qui n'avoit pas
douté en écrivant la lettre que
c'étoit pour ses filles le tira
bien-tost d'embarras, il luy dit

d'un air gay, qu'il ne pouvoit
plus douter du merite de Virginie, & de Marthonide, puif-
qu'il avoit fait une fi forte im-
preffion fur luy , & qu'il ne
vouloit point qu'elles perdif-
fent la lecture du plus galant
billet qui eût été écrit depuis
un fiecle, qu'elles avoient affez
de goût pour en fentir les
beaux endroits. Nos Précieu-
fes n'eurent pas befoin d'eftre
preparées pour tomber dans
l'extafe , elles furent frappées
du Verre optique , & s'écrierent
cent fois, ha que cela eft beau !
quelle penfée, que de fineffe,
il n'eft point permis d'écrire
ainfi. La Dandinardiere pendant ce temps-là racommodoit
fon bonnet de nuit, & fe fen-
tant honteux d'avoir la tefte
entortillée de ferviettes, il prit

brufquement fon cafque qui é-
toit fur une chaife à cofté de
luy, & le voulut mettre pour
eftre, dit-il, plus décemment
devant ces Demoifelles. Le
Baron ne pouvoit s'empêcher
de rire de tout fon cœur, d'u-
ne extravagance fi nouvelle. Il
luy laiffoit effayer une chofe
impoffible ; car fa tefte étoit
alors trop groffe pour entrer
dans le cafque : recevez au
moins mes intentions refpe-
ctueufes, leur dit-il. Nous vous
tenons compte de tout, Seigneur, repliqua Virginie, &
dans la crainte de vous incom-
moder, je fuis d'avis que nous
nous retirions ; ha beaux Soleils ! s'écria noftre Bourgeois,
fur le ton de Phebus, allez vous
obfurcir ma chambre par vôtre
Eclipfe ? Monfieur, dit-il,

en fe retournant vers le Baron,
obligez ces charmantes Deef-
fes de refter je vous en conju-
re; non, dit le Baron, vous avez
déja tant parlé que je me le reproche; repofez vous un peu
vous eftes affez bleffé pour
devoir eftre menagé. Adieu,
nous vous laiffons ; affûrez-
vous que Maiftre Robert ne
paroiftra plus, & que vous en
aurez un autre.

Ainfi le pere & les deux filles, alloient quitter la Dandinardiere, lorfqu'il leur dit: Tout
au moins ne me refufez pas
quelque livres, dont la lecture
puiffe adoucir voftre abfence,
car je ne fuis point affez mal
pour ne pouvoir lire ; je vais
vous envoyer, dit Marthonide,
un Conte que ma fœur acheva hier au foir. Je ne vœux

G iiij

point de Compte, repliqua-t'il,
comme je fais groffe dépenfe, mes Marchands ne m'en
envoyent que trop fouvent.
Vous ne connoiffez pas ceux-
cy, Seigneur Chevalier, ajoûta Virginie, ces fortes de Contes font à la mode, tout le
monde en fait, & comme je me
pique d'imiter les perfonnes
d'efprit, encore que je fois
dans le fond d'une Province,
je ne laiffe pas de vouloir envoyer mon petit ouvrage à Paris : mais s'il pouvoit vous plaire, que j'en aurois de plaifir !
je ferois bien feure de l'appro-
bation des connoiffeurs. Je
vous donne déja mon fuffrage,
adorable Virginie, repliqua le
petit la Dandinardiere, & je
prétend envoyer dés demain ce
joly Conte à la Cour, fi vous

le trouvez bon ; il y a cinq ou
fix Princeffes qui me permet-
tent de leur écrire & de les
regaler de mes Vers. Ha ! que
dites vous , Seigneur, s'écria
Marthonide , vous faites des
vers, j'en fuis folle , de grace,
ayons le plaifir d'en entendre :
ce ne fera pas au moins à l'heure qu'il eft, dit le Baron, en
les pouffant pour les faire fortir ; vous n'eftes que des dif-
coureufes, & vous ferez caufe
de la mort de mon amy.

Dés qu'elles furent retournées
à leur Pavillon, elles chargerent
une femme de Chambre de porter le petit Conte au Chevalier
errant; il parût ravy, de tant de
marques de bonté : mais comme il ne pouvoit lire long-
temps en l'état où il étoit, il
envoya dire au Prieur, qu'il le

demandoit avec beaucoup d'em-
preſſement. Ces nouvelles in-
quieterent toute la maiſon,
l'on crut qu'il ſe trouvoit plus
mal, de ſorte que chacun vint:
mais il parut ſi tranquille, qu'on
jugea bien que c'eſtoit une fauſſe
allarme. Le Prieur luy demanda
ce qu'il ſouhaitoit, la Dandinardiere luy montra le cahier qu'on
venoit de luy apporter, & le pria
de ſoulager le mal qu'il ſouf-
froit, par une lecture agreable.
Il commença auſſi-toſt le Conte que voicy.

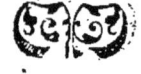

Raymond fecit

LA CHATTE

BLANCHE.

IL étoit une fois un Roy, qui avoit trois fils bien faits & courageux, il eut peur que l'envie de regner ne leur prist avant fa mort; il couroit même certains bruits, qu'ils cherchoient à s'acquerir des creatures, & que c'étoit pour luy ôter fon Royaume. Le

Roy fe fentoit vieux : mais fon
efprit & fa capacité, n'ayant
point diminué, il n'avoit pas
envie de leur ceder une place
qu'il rempliffoit dignement ; il
penfa donc que le meilleur
moyen de vivre en repos, c'é-
toit de les amufer par des promeffes, dont il fçauroit toûjours
éluder l'effet.

Il les appella dans fon cabinet, & aprés leur avoir parlé
avec beaucoup de bonté, il a-
joûta, vous conviendrez avec
moy, mes chers Enfans, que
mon grand âge ne permet pas
que je m'applique aux affaires
de mon Etat avec autant de
foin que je le faifois autrefois ;
je crains que mes Sujets n'en
fouffrent, je veux mettre ma
Couronne fur la tefte d'un de
vous autres : mais il eft bien

juste, que pour un tel present,
vous cherchiez les moyens de
me plaire, dans le dessein que
j'ay de me retirer à la campagne. Il me semble qu'un petit
chien adroit, joly, & fidel,
me tiendroit bonne compagnie;
de sorte que sans choisir mon
fils aîné, plustost que mon cadet, je vous déclare que celuy
des trois, qui m'apportera le
plus beau petit chien sera aussi-tost mon heritier. Ces Princes demeurerent surpris de l'inclination de leur pere pour un
petit chien : mais les deux ca-
dets y pouvoient trouver leur
compte, & ils accepterent a-
vec plaisir la commission d'aller en chercher un ; l'aîné é-
toit trop timide, ou trop respectueux pour representer ses
droits. Ils prirent congé du

Roy, il leur donna de l'Argent, & des Pierreries, ajoûtant que dans un an sans y manquer, ils revinssent au même jour, & à la même heure, luy apporter leurs petits chiens.

Avant de partir, ils allerent dans un Chasteau qui n'étoit qu'à une lieuë de la Ville. Ils y menerent leurs plus confidens, & firent de grands festins, où les trois freres se promirent une amitié éternelle, qu'ils agiroient dans l'affaire en question sans jalousie, & sans chagrin, & que le plus heureux feroit toûjours part de sa fortune aux autres ; enfin ils partirent, reglant qu'ils se trouveroient à leur retour, dans le même Chasteau, pour aller ensemble chez le Roy ; ils ne voulurent être suivis de person-

ne, & changerent leurs noms,
pour n'être pas connus.

Chacun prit fa route differente, les deux aînez*eurent
beaucoup d'avantures : mais je
ne m'attache qu'à celle du cadet. Il étoit gracieux, il avoit
l'efprit gay & réjoüiffant, la tête admirable, la taille noble,
les traits reguliers, de belles
dents, beaucoup d'adreffe dans
tous les exercices qui convien-
nent à un Prince. Il chantoit a-
greablement, il touchoit le lut
& le theorbe, avec une délicatef-
fe qui charmoit. Il fçavoit peindre, en un mot il étoit trés-ac-
comply, & pour la valeur cela
alloit jufqu'à l'intrepidité.

Il n'y avoit guere de jours
qu'il n'achetât des chiens, de
grands, de petits, des levriers,
des dogues, des limiers, chiens

de chaſſe, eſpagneuls, barbets,
bichons; dés qu'il en avoit un
beau, & qu'il en trouvoit un
plus beau, il laiſſoit aller le
premier pour garder l'autre;
car il auroit été impoſſible qu'il
eût mené tout ſeul, trente ou
quarante mille chiens; & il ne
vouloit ny Gentilshommes ny
Valets de chambre, ny Pages
à ſa ſuite. Il avançoit toûjours
ſon chemin, n'ayant point déterminé juſqu'où il iroit; lorſqu'il fut ſurpris de la nuit,
du tonnerre & de la pluye dans
une Foreſt, dont il ne pouvoit
plus reconnoiſtre les ſentiers.

Il prit le premier chemin, &
aprés avoir marché longtemps,
il apperçut un peu de lumiere,
ce qui luy perſuada, qu'il y a-
voit quelque maiſon proche où
il ſe mettroit à l'abry juſqu'au
lendemain,

lendemain. Ainſi guidé par la
lumiere qu'il voyoit, il arriva
à la porte d'un Chaſteau, le
plus ſuperbe qui ſe ſoit jamais
imaginé. Cette Porte étoit d'or,
couverte d'Eſcarboucles dont
la lumiere vive & pure, éclai-
roit tous les environs. C'étoit
elle que le Prince avoit vuë de
fort loin ; les murs étoient d'u-
ne Porcelaine tranſparante ,
mêlée de pluſieurs couleurs ,
qui repreſentoient l'Hiſtoire de
toutes les Fées, depuis la crea-
tion du Monde juſqu'alors ; les
fameuſes Avantures de Peau-
d'Aſne, de Finette, de l'Oranger, de Gratieuſe, de la Belle
au bois dormant , de Serpen-
tinvert , & de cens autres
n'y étoient pas oubliées. Il fut
charmé d'y reconnoiſtre le Prince Lutin : car c'étoit ſon On-

Tome II. H

cle à la mode de Bretagne.
La pluye & le mauvais temps,
l'empêcherent de s'arrester davantage dans un lieu où il se
moüilloit jusqu'au os, à join-
dre qu'il ne voyoit point du
tout aux endroits où la lumié-
re des Escarboubles ne poüvoit
s'étendre.

Il revint à la Porte d'or, il
vit un pied de Chevreüil, attaché à une chaine toute de
diamans, il admira cette magnificence, & la sécurité avec
laquelle on vivoit dans le Château ; car enfin, disoit-il, qui
empêchent les voleurs de venir couper cette chaîne, &
d'arracher les Escarboucles; ils
se feroient riches pour toûjours.

Il tira le pied de Chevreüil,
& aussi-tost il entendit sonner

une cloche qui luy parut d'or
ou d'argent, par le fon qu'elle
rendoit ; au bout d'un moment
la porte fut ouverte, fans qu'il
apperçût autre chofe qu'une
douzaine de mains en l'air,
qui tenoient chacune un flam-
beau. Il demeura fi furpris qu'il
héfitoit à s'avancer, quand il
fentit d'autres mains qui le pouf-
foient par derriere avec affez
de violence. Il marcha donc
fort inquiet & à tout hazard,
il porta la main fur la garde
de fon épée : mais en entrant
dans un veftibule tout incrufté
de Porfire & de Lapis, il entendit deux voix raviffantes
qui chanterent ces paroles,

Des mains que vous voyez ne pre-
    nez point d'ombrage,
Et ne craignez en ce fejour,

Que les charmes d'un beau visage,
Si vostre cœur veut fuir l'Amour.

Il ne put croire qu'on l'invitât
de si bonne grace pour luy faire ensuite du mal; de sorte que
se sentant poussé vers une grande porte de Corail, qui s'ouvrit
dés qu'il s'en fut approché, il
entra dans un sallon de Nacre
de Perles, & ensuite dans plusieurs chambres ornées diffé-
remment, & si riches par les
Peintures, & les Pierreries,
qu'il en étoit comme enchanté. Mille & mille lumieres at-
tachées depuis la voute du sallon jusqu'en bas, éclairoient
une partie des autres Appartemens, qui ne laissoient pas
d'être remplis de Lustres, de
Girandolles, & de Gradins couverts de bougies; enfin la ma-

gnificence étoit telle qu'il n'é-
toit pas aifé de croire que ce
fût une chofe poffible.

Aprés avoir paffé dans foi-
xante chambres, les mains qui
le conduifoient l'arrefterent ;
il vit un grand fauteüil de com-
modité , qui s'approcha tout
feul de la cheminée. En même temps le feu s'alluma , & les
mains qui luy fembloient fort
belles , blanches , petites , graf-
fettes , & bien proportionnées ,
le déshabillerent ; car il étoit
moüillé , comme je l'ay déja
dit, & l'on avoit peur qu'il ne
s'enrhumât. On lui prefenta fans
qu'il vit perfonne , une chemife
auffi belle que pour un jour de
Nopces, avec une robe de chambre d'une étoffe glacée d'or, bro-
dée de petites Emeraudes qui formoient des chiffres. Les mains

fans corps approcherent de luy
une table, fur laquelle fa Toil-
lette fut mife. Rien n'étoit
plus magnifique ; elles le pei-
gnerent avec une legereté & u-
ne adreffe dont il fut fort content. Enfuite on le r'habilla :
mais ce ne fut pas avec fes habits , on luy en apporta de
beaucoup plus riches, il admi-
roit filencieufement tout ce qui
fe paffoit, & quelquefois il luy
prenoit de petits mouvemens
de frayeur, dont il n'étoit pas
tout-à-fait le maiftre.

A près qu'on l'eût poudré, fri-
fé, parfumé, paré, ajufté, &
rendu plus beau qu'Adonis, les
mains le conduifirent dans u-
ne falle fuperbe, par fes doru-
res & fes meubles. On voyoit
autour l'Hiftoire des plus fameux Chats, Rodillardus pen-

du par les pieds au Conseil des
Rats, Chat botté, Marquis de
Carabas, le Chat qui écrit,
la Chatte devenuë Femme, les
Sorciers devenus Chats, le Sabat & toutes ces Ceremonies;
enfin, rien n'étoit plus singu-
lier que ces Tableaux.

Le couvert étoit mis, il y
en avoit deux, chacun garny de
son cadenas d'or, le buffet sur-
prenoit par la quantité de Va-
ses de Cristal de roche, & de
mille Pierres rares. Le Prince
ne sçavoit pour qui ces deux
couverts étoient mis ; lorsqu'il
vit des Chats qui se placerent
dans un petit Orqueste ména-
gé exprés, l'un tenoit un livre avec des notes les plus extraordinaires du monde, l'autre un rouleau de papier dont
il battoit la mesure, & les au-

tres avoient de petites guitares ; tout d'un coup chacun
d'eux se mit à miauler sur dif-
ferends tons , & à gratter les
cordes des guitares avec leurs
ongles ; c'étoit la plus étrange
musique, que l'on ait jamais
entenduë. Le Prince se seroit
cru en Enfer, s'il n'avoit pas
trouvé ce Palais trop merveilleux , pour donner dans une
pensée si peu vray - semblable :
mais il se bouchoit les orei!-
les & rioit de toute sa force,
de voir les differentes postu-
res, & les grimaces de ses nouveaux Musiciens.

Il révoit aux differentes choses qui luy étoient déja arri-
vées dans ce Chasteau , lorsqu'il vit entrer une petite figure qui n'avoit pas une coudée de haut. Cette Banboche
se

fe couvroit d'un long voile de crefpe noir. Deux Chats la menoient ; ils étoient vétus de deüil, en manteau, & l'épée au cofté, un nombreux cortege de Chats venoient aprés, les uns portoient des ratieres pleines de Rats, & les autres des Souris dans des cages.

Le Prince ne fortoit point d'étonnement, il ne fçavoit que penfer, la Figurine noire s'approcha, & levant fon voile, il apperçut la plus belle petite Chatte blanche qui ait jamais été, & qui fera jamais. Elle avoit l'air fort jeune & fort trifte, elle fe mit à faire un miaulis fi doux & fi charmant, qu'il alloit droit au cœur ; elle dit au Prince : Fils de Roy, fois le bien venu, ma miaularde Majefté te voit avec plaifir. Ma-

dame la Chatte, dit le Prince, vous estes bien genereuse,
de me recevoir avec tant d'accüeil : mais vous ne me paroif-
fez pas une bestiolle ordinaire,
le don que vous avez de la
parole, & le superbe Chasteau
que vous possedez, en sont des
preuves assez évidentes ; Fils
de Roy, reprit Chatte blanche, je te prie cesse de me faire des complimens, je suis sim-
ple dans mes discours, & dans
mes manieres : mais j'ay un
bon cœur. Allons, continua-t'elle, que l'on serve, & que les
Musiciens se taisent ; car le
Prince n'entend pas ce qu'ils
disent. Et disent-ils quelque
chose, Madame, reprit-il ? sans
doute, continua-t'elle, nous a-
vons icy des Poëtes qui ont
infiniment de l'esprit, & si vous

restez un peu parmy nous, vous
aurez lieu d'en estre convaincu ; il ne faut que vous entendre pour le croire, dit ga-
lamment le Prince : mais aussi,
Madame, je vous regarde comme une Chatte fort rare.

. L'on apporta le souper, les
mains dont les corps étoient
invisibles servoient, l'on mit
d'abord sur la table deux bis-
ques, l'une de pigeonneaux,
& l'autre de souris fort grasses.
La vuë de l'une empêcha le
Prince de manger de l'autre,
se figurant que le même cuisinier les avoit accommodées :
mais la petite Chatte, qui de-
vina par la mine qu'il faisoit
ce qu'il avoit dans l'esprit,
l'assura que sa cuisine étoit à
part, & qu'il pouvoit manger
de ce qu'on luy presenteroit,

avec certitude, qu'il n'y auroit
ny Rats ny Souris.

Le Prince ne se le fit pas dire
deux fois, croyant bien que la
belle petite Chatte ne voudroit
pas le tromper. Il remarqua qu'elle avoit à sa patte, un Portrait
fait en table ; cela le surprit.
Il la pria de le luy montrer,
croyant que c'étoit maistre Minagrobis. Il fut bien étonné
de voir un jeune homme si
beau, & si tres-beau, qu'il é-
toit à peine croyable que la na-
ture en pût former un tel, &
qui luy ressembloit si fort, qu'on
n'auroit pû le peindre mieux.
Elle soupira, & devenant encore plus triste, elle garda un
profond silence. le Prince vit
bien qu'il y avoit quelque chose d'extraordinaire là-dessous ;
cependant il n'osa s'en infor-

nier, de peur de déplaire à la
Chatte, ou de la chagriner.
Il l'entretint de toutes les nouvelles qu'il fçavoit, & il la trouva fort inftruite des differens
interefts des Princes, & des
autres chofes qui fe paffoient
dans le monde.

Aprés le foupé, Chatte blanche convia fon Hôte d'entrer
dans un falon, où il y avoit un
theatre, fur lequel douze Chats
& douze Singes dancerent un
Ballet. Les uns étoient vétus
en Mores, & les autres en Chi-
nois. Il eft aifé de juger des
fauts & des cabrioles qu'ils faifoient, & de temps en temps
ils fe donnoient des coups de
griffes ; c'eft ainfi que la foirée
finit. Chatte blanche donna
le bon foir à fon Hôte ; les
mains qui l'avoient conduit

I iij

jusques-là, le reprirent, & l'amenerent dans un Appartement tout opposé à celuy qu'il avoit vû. Il étoit moins magnifique que galant ; tout étoit tapissé d'ailes de papillon, dont les diverses couleurs formoient mille fleurs differentes. Il y avoit aussi des plumes d'oiseaux tres-rares, & qui n'ont peut-être jamais été veûs que dans ce lieu-là. Les lits étoient de gaze, ratachez par mille nœuds de rubans. C'étoit de grandes Glaces depuis le plat-fond jusqu'au parquet, & les bordures d'or ciselé, representoient mille petits Amours.

Le Prince se coucha sans dire mot ; car il n'y avoit pas moyen de faire conversation avec les mains qui le servoient ; il dormit peu, & fut réveillé

par un bruit confus. Les mains
aussi-tost le tirerent de son lit,
& luy mirent un habit de chasse. Il regarda dans la cour
du Chasteau, il apperçût plus
de cinq cent Chats, dont les
uns menoient des levriers en
laisse, les autres sonnoient du
cors, c'étoit une grande feste,
Chatte blanche alloit à la chasse ; elle vouloit que le Prince
y vint. Les officieuses mains
luy presenterent un cheval de
bois qui couroit à toute bride,
& qui alloit le pas à merveille ; il fit quelque difficulté d'y
monter, disant qu'il s'en falloit beaucoup qu'il ne fût Chevalier errant comme don Gui-
chote : mais sa resistance ne
servit de rien, on le planta
sur le Cheval de bois. Il a-
voit une housse, & une selle

en broderie d'or & de diamans. Chatte blanche mon-
roit un Singe, le plus beau &
le plus superbe qui se soit encore vû ; elle avoit quitté son
grand voile, & portoit un bonnet à la Dragone, qui luy donnoit un petit air si resolu, que
toutes les souris du voisinage
en avoient peur. Il ne s'est jamais fait une chasse plus agreable ; les Chats couroient plus
viste que les Lapins & les Lievres ; de sorte que lorsqu'ils
en prenoient, Chatte blanche
faisoit faire la curée devant
elle, & il s'y passoit mille tours
d'adresse tres-réjoüissans ; les
oiseaux n'étoient pas de leur
costé trop en seureté ; car les
Chattons grimpoient aux Arbres, & le maistre Singe portoit Chatte blanche jusque

dans le nid des Aigles pour
difpofer à fa volonté des petites Alteffes Aiglonnes.

La chaffe étant finie, elle
prit un cor qui étoit long comme le doigt : mais qui rendoit
un fon fi clair & fi haut, qu'on
l'entendoit aifément de dix
lieuës ; dés qu'elle en eut fon-
né deux ou trois fanfares, elle fut environnée de tous les
Chats du Pays, les uns paroif-
foient en l'air, montez fur des
chariots, les autres dans des
barques abordoient par eau ;
enfin il ne s'en eft jamais tant
vû. Il étoient prefque tous ha-
billez de differentes manieres ;
Elle retourna au Chafteau avec
ce pompeux Cortege, & pria
le Prince d'y revenir. Il le voulut bien, quoy qu'il luy femblât
que tant de Chattonnerie tenoit

un peu du Sabat, & du Sor-
cier, & que la Chatte parlante
l'étonnât plus que tout le reste.

Dés qu'elle fut rentrée
chez elle, on luy mit son grand
voile noir ; elle soupa avec le
Prince, il avoit faim, & mangea de bon appetit ; L'on apporta des Liqueurs dont il but
avec plaisir, & sur le champ
elles luy osterent le souvenir du
petit Chien qu'il devoit porter au Roy ; Il ne pensa plus
qu'à miauler avec Chatte blanche : c'est-à-dire, à luy tenir
bonne & fidelle compagnie ; il
passoit les jours en festes agreables, tantost à la pesche ou à
la chasse, puis l'on faisoit des
Balets, des Carousels, & mille autre choses où il se diver-
tissoit tres-bien ; souvent même la belle Chatte composoit

des Vers, & des Chanſonnet-
tes, d'un ſtile ſi paſſionné, qu'il
ſembloit qu'elle avoit le cœur
tendre, & que l'on ne pouvoit parler comme elle faiſoit
ſans aimer : mais ſon Secretaire, qui étoit un vieux Chat,
écrivoit ſi mal, qu'encore que
ſes Ouvrages ayent été con-
ſervez, il eſt impoſſible de les
lire.

Le Prince avoit oublié juſqu'à ſon Pays. Les mains dont
j'ay parlé continuoient de le
ſervir. Il regrettoit quelquefois de n'être pas Chat, pour
paſſer ſa vie dans cette bonne
compagnie. Helas ! diſoit-il
à Chatte blanche, que j'auray
de douleurs de vous quitter,
je vous aime ſi cherement !
ou devenez fille ou rendez moy
Chat. Elle trouvoit ſon ſou-

hait fort plaifant, & ne luy faifoit que des réponfes obfcures
où il ne comprenoit prefque
rien.

Une année s'écoule bien vîte, quand on n'a ny foucy ny
peine, qu'on fe réjoüit & qu'on
fe porte bien. Chatte blanche
fçavoit le temps où il devoit
retourner, & comme il n'y
penfoit plus, elle l'en fit fouvenir. Sçais-tu, luy dit-elle,
que tu n'as que trois jours pour
chercher le petit Chien que le
Roy ton pere fouhaite, & que
tes freres en ont trouvé de
fort beaux ? Le Prince revint
à luy, & s'étonnant de fa ne-
gligence : Par quel charme fecret, s'écria-t'il, ay-je oublié
la chofe du monde qui m'eft
la plus importante? Il y va de
ma gloire & de ma fortune,

où prendray-je un chien tel
qu'il le faut pour gagner le
Royaume, & un cheval assez
diligent pour faire tant de
chemin ? il commença de s'inquieter, & s'affligea beaucoup.

Chatte blanche, luy dit,
en s'adoucissant : Fils du Roy,
ne te chagrine point, je suis
de tes amies ; tu peux rester encore icy un jour, & quoyqu'il
y ait cinq cens lieuës d'icy
à ton Pays, le bon cheval de
bois t'y portera en moins de
douze heures. Je vous remer-
cie belle Chatte, dit le Prince : mais il ne me suffit pas
de retourner vers mon pere,
il faut que je luy porte un petit chien ; tien, luy dit
Chatte blanche, voicy un gland
où il y en a un plus beau que

la Canicule ; ô , dit le Prince , Madame la Chatte, vôtre
Majesté se mocque de moy.
Approche le gland de ton oreille , continua-t'elle , & tu l'en-
tendras japer. Il obéït, aussi-
tost le petit chien fit, jap, jap,
dont le Prince demeura tran-
sporté de joye ; car tel chien
qui tient dans un gland doit ê-
tre fort petit. Il vouloit l'ouvrir , tant il avoit envie de le
voir : mais Chatte blanche
luy dit , qu'il pourroit avoir
froid par les chemins, & qu'il
valloit mieux attendre qu'il fût
devant le Roy son Pere. Il la
remercia mille fois, & luy dit
un Adieu tres-tendre ; je vous
assure, ajoûta-t'il, que les jours
m'ont paru si cours avec vous,
que je regrette en quelque façon de vous laisser icy ; & quoy

que vous y soyez Souveraine,
& que tous les Chats qui vous
font leur Cour, ayent plus d'esprit & de galanterie que les nô-
tres, je ne laisse pas de vous con-
vier de venir avec moy. La Chatte ne répondit à cette proposition que par un profond soupir.

Ils se quitterent, le Prince arriva le premier au Château où le rendez-vous avoit
été reglé avec ses freres. Ils
s'y rendirent peu aprés, & demeurerent surpris de voir dans
la cour un Cheval de bois qui
sautoit mieux que tous ceux
que l'on a dans les Academies.

Le Prince vint au devant
d'eux. Ils s'embrasserent plusieurs fois, & se rendirent
compte de leurs voyages : mais
nostre Prince déguisa à ses freres la vérité de ses avantures,

& leur montra un méchant
chien, qui fervoit à tourner la
broche, difant qu'il l'avoit
trouvé fi joly, que c'étoit celuy qu'il apportoit au Roy.
Quelque amitié qui fût entre-
eux, les deux aînez fentirent
une fecrette joye du mauvais
choix de leur cadet ; ils étoient
à table, & fe marchoient fur
le pied, comme pour fe dire
qu'ils n'avoient rien à craindre
de ce cofté-là.

Le lendemain ils partirent
enfemble dans un même ca-
roffe. Les deux fils aînez du
Roy, avoient des petits chiens
dans des paniers, fi beaux &
fi délicats que l'on ofoit à peine les toucher. Le cadet portoit le pauvre tournebroche,
qui étoit fi crotté que perfonne ne vouloit le fouffrir. Lors
qu'ils

qu'ils furent dans le Palais,
chacun les environna pour leur
souhaiter la bien venuë ; ils entrerent dans l'Appartement du
Roy. Il ne sçavoit en faveur
duquel decider ; car les petits
chiens qui luy étoient presen-
tez par ses deux aînez, étoient
presque d'une égale beauté, &
ils se disputoient déja l'avantage de la succession, lorsque
leur cadet les mit d'accord en
tirant de sa poche le gland que
Chatte blanche luy avoit donné. Il l'ouvrit promptement,
puis chacun vit un petit chien
couché sur du cotton. Il passoit au milieu d'une bague
sans y toucher, le Prince le
mit par terre ; aussi-tost il commença de dancer la Sarabande
avec des castagnettes, aussi legerement, que la plus celebre

Espagnolle. Il étoit de mille couleurs differentes, ses soyes & ses oreilles trainoient par terre. Le Roy demeura fort confus; car il étoit impossible de trouver rien à redire à la beauté du Toutou.

Cependant il n'avoit aucune envie de se défaire de sa Couronne. Le plus petit fleuron, luy étoit plus cher que tous les chiens de l'Univers. Il dit donc à ses Enfans, qu'il étoit tres-satisfait de leurs peines : mais qu'ils avoient si bien réussi dans la premiere chose qu'il avoit souhaitée d'eux, qu'il vouloit encore éprouver leur habilleté avant de tenir parole ; qu'ainsi il leur donnoit un an à chercher, par mer & par terre une piece de

toile fi fine, qu'elle paffât par
le trou d'une éguille à faire du
point de Venife. Ils demeurerent tout trois tres-affligez d'ê-
tre en obligation de retourner
à une nouvelle quefte, les deux
Princes, dont les chiens étoient
moins beaux que celuy de leur
cadet, y confentirent. Chacun
partit de fon cofté, fans fe faire
autant d'amitié que la premiere
fois ; car le tournebroche les
avoit un peu refroidis.

Noftre Prince reprit fon cheval de bois, & fans vouloir
chercher d'autres fecours, que
ceux qu'il pourroit efperer de
l'amitié de Chatte blanche, il
partit en toute diligence, &
retourna au Chafteau où elle
l'avoit fi bien reçû. Il en trouva toutes les portes ouvertes,

K ij

les feneſtres, les toits, les
tours, & les murs étoient bien
éclairez de cent mille lampes,
qui faiſoient un effet merveilleux. Les mains qui l'avoient
ſi bien ſervy, s'avancerent au
devant de luy, prirent la bride de l'excellent cheval de bois,
qu'elles menerent à l'écurie,
pendant que le Prince entra
dans la chambre de Chatte
blanche.

Elle étoit couchée dans une
petite corbeille, ſur un matte-
lats de ſatin blanc tres-propre.
Elle avoit des cornettes négli-
gées, & paroiſſoit abbatuë :
mais quand elle apperçut le
Prince, elle fit mille ſauts, &
autant de gambades, pour luy
témoigner la joye qu'elle avoit
de le revoir. Quelque ſujet
que j'euſſe, luy dit-elle, d'eſ-

perer ton retour ; je t'avoüe,
Fils de Roy, que je n'ofois
m'en flatter, & je fuis ordinairement fi malheureufe dans les
chofes que je fouhaite, que
celle-cy me furprend. Le Prince reconnoiffant, luy fit mille
careffes ; il luy conta le fuccés
de fon voyage, qu'elle fçavoit
peut-être mieux que luy, &
que le Roy vouloit une piece
de toile qui pût paffer par le
trou d'un éguille, qu'à la verité il croyoit la chofe impoffible : mais qu'il n'avoit pas laif-
fé de la tenter, fe promettant
tout de fon amitié, & de fon
fecours. Chatte blanche prenant un air plus ferieux, luy
dit que c'étoit un affaire à laquelle il falloit penfer, que par
bonheur elle avoit dans fon
Chafteau des Chattes qui fi-

loient fort bien, qu'elle même y mettroit la griffe, & qu'elle avanceroit cette befogne,
qu'ainfi il pouvoit demeurer
tranquille, fans aller bien loin
chercher ce qu'il trouveroit
plus aifément chez elle, qu'en
lieu du monde.

Les mains parurent, elles
portoient des flambeaux, & le
Prince les fuivant avec Chatte
blanche, il entra dans une magnifique Gallerie, qui regnoit
le long d'une grande riviere,
fur laquelle on tira un feu d'artifice furprenant. L'on y devoit brûler quatre Chats, dont
le Procés étoit fait dans toutes les formes. Ils étoient ac-
cufez, d'avoir mangé le rôty
du fouper de Chatte blanche,
fon fromage, & fon lait, d'a-
voir même confpiré contre fa

perſonne , avec Martafax &
Lermite fameux Rats de la
Contrée ; & tenus pour tels par
la Fontaine Autheur tres-veri-
table : mais avec tout cela l'on
ſçavoit qu'il y avoit beaucoup
de caballe dans cette affaire ,
& que la pluſpart des Témoins
étoient ſubornez. Quoy qu'il
en ſoit, le Prince obtint leur
grace. Le feu d'artifice ne fit
mal à perſonne , & l'on n'a encore jamais vû de ſi belles fu-
fées.

L'on ſervit enſuite un Media-
noche tres - propre , qui cauſa
plus de plaiſir au Prince que le
feu ; car il avoit grand faim ,
& ſon cheval de bois l'avoit a-
mené ſi viſte , qu'il n'a jamais
été de diligence pareil-
le. Les jours ſuivans ſe paſſe-
rent comme ceux qui les a-

voient precedez avec mille festes differentes, dont l'inge-
nieuse Chatte blanche rega-
loit son Hôte. C'est peut-être
le premier Mortel qui se soit
si bien diverty avec des Chats
sans avoir d'autre compagnie.

Il est vray que Chatte blanche avoit l'esprit agréable,
liant, & presque universel. Elle étoit plus sçavante qu'il n'est
permis à une Chatte de l'être.
Le Prince s'en étonnoit quelquefois ; non, luy disoit-il, ce
n'est point une chose naturelle
que tout ce que je remarque
de merveilleux en vous ; si vous
m'aimez, charmante Minette,
apprenez moy par quel prodige vous pensez, & vous parlez
si juste, qu'on pourroit vous
recevoir dans les Academies fa-
meuses des plus beaux esprits?
Cesse

Cesse tes questions , Fils de
Roy, luy disoit-elle, il ne m'est
pas permis d'y répondre , & tu
peux pousser tes conjectures
aussi loin que tu voudras, sans
que je m'y oppose ; qu'il te
suffise que j'ay toûjours pour
toy patte de velours, & que je
m'interesse tendrement dans
tout ce qui te regarde.

Insensiblement cette seconde année s'écoula comme la
premiere, le Prince ne souhai-
toit guere de chose , que les
mains diligentes ne luy appor-
tassent sur le champ, soit des
Livres, des Pierreries, des Tableaux , des Médailles anti-
ques ; enfin il n'avoit qu'à dire, je veux un tel bijoux, qui
est dans le Cabinet du Mogol
ou du Roy de Perse, telle Sta-
tuë de Corinthe, ou de Gre-

Tome II.   L

ce, il voyoit auffi-toſt devant
luy ce qu'il defiroit, ſans ſçavoir ny qui l'avoit apporté, ny
d'où il venoit. Cela ne laiſſe
pas d'avoir ſes agrémens, &
pour ſe délaſſer, l'on eſt quelquefois bien aiſe, de ſe voir
maiſtre des plus beaux Treſors
de la Terre.

Chatte blanche qui veilloit
toûjours aux intereſts du Prince, l'avertit que le temps de
ſon départ approchoit, qu'il
pouvoit ſe tranquilliſer ſur la
pièce de toille qu'il deſiroit,
& qu'elle luy en avoit fait une
merveilleuſe; elle ajoûta qu'elle
vouloit cette fois icy, luy donner un équipage digne de ſa
naiſſance, & ſans attendre ſa
réponſe, elle l'obligea de regarder dans la grande cour du
Chaſteau, il y avoit une Ca-

leche découverte d'or émaillé,
de couleur de feu, avec mille
Devifes galantes, qui fatisfai-
foient autant l'efprit que les
yeux. Douze Chevaux blancs
comme la neige, attachez quatre
à quatre de frond, la trainoient;
chargez de harnois de velours,
couleur de feu en broderie de
Diamans, & garnis de pla-
que d'or. La doubleure de la
Caleche étoit pareille, & cent
Caroffes à huit Chevaux, tous
remplis de Seigneurs de grande apparence tres - fuperbe-
ment vétus, fuivoient cette
Caleche. Elle étoit encore accompagnée par mille Gardes
du Corps, dont les habits é-
toient fi couverts de broderie,
que l'on n'appercevoit point
l'étoffe ; ce qui eft de fingu-
lier, c'eft qu'on voyoit par tout

le Portrait de Chatte blanche,
foit dans les Devifes de la Caleche, ou fur les habits des
Gardes du Corps, ou rataché
avec un ruban blanc au jufte
au corps de ceux qui faifoient
cortege comme un Ordre nouveau, dont elle les avoit ho-
norés.

Va, dit-elle au Prince, va
paroiftre à la Cour du Roy ton
pere, d'une maniere fi fom-
ptueufe, que tes airs magnifiques fervent à luy impofer;
afin qu'il ne te refufe plus la
Couronne, que tu mérite. Voila une noix, garde-toy de la
caffer qu'en fa prefence, tu y
trouveras la piece de toille que
tu m'as demandée. Aimable
Blanchette, luy dit-il, je vous
avouë, que je fuis fi pénetré
de vos bontez, que fi vous y

vouliez confentir, je préfere-
rois de paffer ma vie avec vous,
à toutes les Grandeurs, que
j'ay lieu de me promettre ailleurs. Fils de Roy, repliqua-
t'elle, je fuis perfuadée de la
bonté de ton cœur, c'eft une
marchandife rare parmy les
Princes, ils veulent eftre ai-
mezde tout le monde, & ne voulant rien aimer : mais tu mon-
tre affez que la regle generale
a fon exception. Je te tiens
compte de l'attachement que
tu témoigne pour une petite
Chatte blanche, qui dans le
fonds n'eft propre à rien, qu'à
prendre des Souris ; le Prince
luy baifa la patte, & partit.

L'on auroit de la peine à
croire la diligence qu'il fit, fi
l'on ne fçavoit déja de quelle
maniere le cheval de bois l'a-

voit porté, en moins de deux
jours à plus de cinq cens lieuës
du Chafteau ; de forte que le
même pouvoir qui anima ce-
luy-là , preffa fi fort les autres
qu'ils ne refterent que vingt-
quatre heures fur le chemin ;
ils ne s'arrefterent en aucun endroit, jufqu'à-ce qu'ils fuffent
arrivez chez le Roy, où les
deux freres aînez du Prince,
s'étoient déja rendus ; de forte que ne voyant point paroiftre
leur cadet, ils s'applaudiffoient
de fa négligence, & fe difoient
tout bas l'un à l'autre : Voila
qui eft bien heureux, il eft
mort ou malade , il ne fera
point noftre rival dans l'affaire
importante qui va fe traiter.
Auffi-toft ils déployèrent leurs
toilles, qui à la verité étoient
fi fines, qu'elles paffoient dans

le trou d'une groffe éguille :
mais pour dans une petite cela
ne fe pouvoit, & le Roy tres-
aife de ce prétexte de difpute, leur montroit l'éguille qu'il
avoit propofée, & que les Ma-
giftrats par fon ordre, appor-
terent du Tréfor de la Ville
où elle avoit été foigneufement
enfermée.

Il y avoit beaucoup de mur-
mûre fur cette difpute. Les A-
mis des Princes, & particulierement ceux de l'aîné ; car
c'étoit fa toile qui étoit la plus
belle, difoient que c'étoit - là
une franche chicanne, où il
entroit beaucoup d'adreffe &
de normanifme. Les Creatures du Roy foutenoient, qu'il
n'étoit point obligé de tenir
des conditions qu'il n'avoit pas
propofées ; enfin pour les met-

L iiij

tre tous d'accord, l'on entendit un bruit charmant de Trompettes , de Timballes, & de
Hautbois, c'étoit noftre Prince qui arrivoit en pompeux ap-
pareil. Le Roy, & fes deux
Fils demeurerent auffi étonnez
les uns que les autres , d'une
fi grande magnificence.

Aprés qu'il eut falué refpe-
ctueufement fon pere, & embraffé fes freres, il tira d'une
boëtte couverte de Rubis, la
noix qu'il caffa ; il croyoit y
trouver la piece de toile tant
vantée : mais il y avoit au lieu
une noifette. Il la caffa encore, & demeura furpris de voir
un noyau de ferife. Chacun
fe regardoit, le Roy rioit tout
doucement , & fe mocquoit
que fon fils eût été affez cré-
dule pour croire apporter dans

une noix une piece de toile :
mais pourquoy ne l'auroit-il
pas crû, puisqu'il avoit déja
donné un petit chien qui tenoit dans un gland ? Il cassa
donc le noyau de serise qui é-
toit remply de son amende ;
alors il s'éleva un grand
bruit dans la chambre, l'on
n'entendoit autre chose, sinon,
le Prince cadet est la dupe de
l'avanture. Il ne répondit
rien aux mauvaises plaisante-
ries des Courtisants, il ouvre
l'amande, & trouve un grain
de bled, puis dans le grain de
bled, un grain de millet. O
c'est la verité qu'il commença
de se défier, & marmotta entre
ses dents ; Chatte blanche,
Chatte blanche, tu t'est moc-
quée de moy. Il sentit dans ce
moment la griffe d'un Chat sur

sa main, dont il fut si bien é-
gratigné qu'il en seignoit. Il
ne sçavoit si cette griffade é-
toit faite pour luy donner du
cœur, ou pour luy faire perdre
courage ; cependant il ouvrit
le grain de millet, & l'éton-
nement-de tout le monde ne
fut pas petit, quand il en tira
une piece de toile de quatre
cens aunes si merveilleuse, que
tous les oiseaux, les animaux,
& les poissons y étoient peints
avec les arbres, les fruits, &
les plantes de la Terre ; les
rochers, les raretez, & les co-
quillages de la Mer, le Soleil,
la Lune, les Etoilles, les A-
stres, & les Planettes des
Cieux : il y avoit encore le
Portrait des Rois & des autres Souverains qui regnoient
pour lors dans le monde. Cé-

luy de leurs Femmes, de leurs
Maiſtreſſes, de leurs Enfans,
& de tous leurs Sujets, ſans
que le plus petit Poliſſon y
fût oublié. Chacun dans ſon
état, faiſoit le perſonnage qui
luy convenoit, & vêtu à la
mode de ſon Pays. Lorſque
le Roy vit cette piece de toile, il devint auſſi paſle que le
Prince étoit devenu rouge, de
la chercher ſi long-temps. L'on
préſenta l'éguille, & elle y
paſſa & repaſſa ſix fois. Le Roy
& les deux Princes aînez gardoient un morne ſilence, quoyque la beauté & la rareté de
cette toile, les forçat de temps
en temps de dire que tout ce qui
étoit dans l'Univers, ne luy étoit
pas comparable.

Le Roy pouſſa un profond
ſoupir, & ſe tournant vers ſes

Enfans : Rien ne peut, leur
dit-il, me donner tant de con-
folation dans ma vieilleffe que
de reconnoiftre voftre défe-
rence pour moy, je fouhaite
donc que vous vous mettiez à
une nouvelle épreuve. Allez
encore voyager un an, & celuy qui au bout de l'année ra-
menera la plus belle Fille l'é-
poufera, & fera couronné Roy
à fon Mariage : c'eft auffi bien
une neceffité que mon Succef-
feur fe marie. Je jure, je pro-
met, que je ne differeray plus
à donner la recompenfe que
j'ay promife.

Toute l'injuftice rouloit fur
noftre Prince. Le petit chien
& la piece de toile meritoient
dix Royaumes pluftoft qu'un :
mais il étoit fi bien né, qu'il
ne voulut point contrarier la

volonté de fon pere, & fans differer il remonta dans fa Caleche ; tout fon équipage le fuivit, & il retourna auprés de fa chere Chatte blanche ; elle fçavoit le jour & le moment qu'il devoit arriver, tout étoit jonché de fleurs fur le chemin, mille caffolettes fumoient de tous coftez, & particulierement dans le Chafteau. Elle étoit affife fur un tapis de Perfe, & fous un Pavillon de drap d'or, dans une galerie où elle pouvoit le voir revenir. Il fut reçû par les mains qui l'avoient toûjours fervy. Tous les Chats grimperent fur les goutieres, pour le féliciter par un miaulage défefperé.

Hé bien, Fils de Roy, luy dit-elle, te voila donc encore

revenu sans Couronne ? Madame, repliqua-t'il, vos bontez m'avoient mis en état de la gagner : mais je suis persuadé, que le Roy auroit plus de peine à s'en défaire que je n'aurois de plaisir à la posseder. N'importe, dit-elle, il ne faut rien negliger pour la mériter, je te serviray dans cette occasion ; & puisqu'il faut que tu mene une belle Fille à la Cour de ton pere, j'en chercheray quelqu'une, qui te fera gagner le prix ; cependant réjoüissons-nous, j'ay ordonné un combat naval entre mes Chats, & les plus terribles Rats de la Contrée. Mes Chats seront peut-être embarassez ; car ils craignent l'eau : mais aussi ils auroient trop d'avantage, & il faut autant qu'on le peut égal-

...ler toutes chofes. Le Prince admira la prudence de Madame Minette. Il la loüa beaucoup, & fut avec elle fur une terraffe qui donnoit vers la Mer.

Les Vaiffeaux des Chats confiftoient en de grands morceaux de liege, fur lefquels il voguoient affez commodement· Les Rats avoient joints plufieurs coques d'œufs, & c'étoit-là leurs Navires. Le Combat s'opiniâtra cruellement, les Rats fe jettoient dans l'eau, & nageoient bien mieux que les Chats ; de forte que vingt fois ils furent vainqueurs & vaincus : mais Minagrobis Amiral de la· Flotte Chatonique, reduifit la Gente Ratonienne dans le dernier defepoir. Il mangea à belle dents le General de leur Flotte ; c'étoit

un vieux Rat experimenté qui
avoit fait trois fois le tour du
monde, dans de bons Vaiſ-
ſeaux, où il n'étoit ny Capi-
taine, ny Matelot : mais ſeulement croque lardon.

Chatte blanche ne voulut
pas qu'on détruiſiſt abſolument
ces pauvres infortunez. Elle a-
voit de la politique, & ſon-
geoit que s'il n'y avoit plus ny
Rats, ny Souris, dans le Pays,
ſes Sujets vivroient dans une
oiſiveté qui pourroit luy devenir préjudiciable. Le Prince
paſſa cette année comme il a-
voit fait les deux autres, c'eſt-
à-dire, à la chaſſe, à la peſ-
che, au jeu ; car Chatte blanche joüoit fort bien aux échets.
Il ne pouvoit s'empeſcher de
temps en temps de luy faire
de nouvelles queſtions, pour

ſçavoir

fçavoir par quel miracle elle
parloit. Il luy demandoit fi elle étoit Fée, ou fi par une métamorphofe, on l'avoit rendüe
Chatte ? mais comme elle ne
difoit jamais que ce qu'elle
vouloit bien dire, elle ne répondoit auffi que ce qu'elle
vouloit bien répondre, & c'é-
toit tant de petits mots qui ne
fignifioient rien, qu'il jugea aifément, qu'elle ne vouloit pas
partager fon fecret avec luy.

Rien ne s'écoule plus vifte
que des jours qui fe paffent
fans peine & fans chagrin ; &
fi la Chatte n'avoit pas été
foigneufe de fe fouvenir du
temps qu'il falloit retourner à
la Cour, il eft certain que le
Prince l'avoit abfolument oublié. Elle l'avertit la veille,
qu'il ne tiendroit qu'à luy d'a-

mener une des plus belles
Princeſſes qui fût dans le monde, que l'heure de détruire
le fatal ouvrage des Fées étoit
à la fin arrivée, & qu'il falloit
pour cela, qu'il ſe reſolût, à
luy couper la teſte & la queüe,
qu'il jetteroit promptement
dans le feu. Moy, s'écria-t'il,
Blanchette mes amours ! moy
dis-je, je ferois aſſez barbare
pour vous tuer ? ha ! vous voulez ſans doute éprouver mon
cœur : mais ſoyez certaine qu'il
n'eſt point capable de manquer
à l'amitié, & à la reconnoiſſance qu'il vous doit ; Non Fils
de Roy, continua-t'elle, je ne
te ſoupçonne d'aucune ingra-
titude ; je connois ton mérite, ce n'eſt ny toy ny moy qui
reglons dans cette affaire nôtre
deſtinée. Fais ce que je ſou-

haite, nous commencerons l'un & l'autre d'être heureux, & tu connoiſtras, foy de Chatte de bien & d'honneur, que je ſuis veritablement ton amie.

Les larmes vinrent deux ou trois fois aux yeux du jeune Prince de la ſeule penſée qu'il falloit couper la teſte à ſa petite Chattonne qui étoit ſi jolie & ſi gracieuſe. Il dit encore tout ce qu'il pût imaginer de plus tendre, pour qu'elle l'en diſpenſât ; elle répondoit opiniaſtrement qu'elle vouloit mourir de ſa main, & que c'étoit l'unique moyen d'empeſcher que ſes freres n'euſſent la Couronne, en un mot, elle le preſſa avec tant d'ardeur, qu'il tira ſon épée en tremblant, & d'une main mal-aſſurée, il coupa la teſte & la

M ij

queuë de sa bonne amie la Chatte : en même temps il vit la plus charmante Métamorphose qui se puisse imaginer. Le corps de Chatte blanche devint grand , & se changea tout d'un coup en Fille : mais quelle Fille ? c'est ce qui ne sçauroit être décrit, il n'y a eu que celle-là aussi accomplie. Ses yeux ravissoient les cœurs, & sa douceur les retenoit : sa taille étoit majestueuse, l'air noble & modeste, un esprit liant des manieres engageantes ; enfin elle étoit au dessus de tout ce qu'il y a de plus aimable.

Le Prince en la voyant demeura si surpris , & d'une surprise si agreable, qu'il se crût enchanté. Il ne pouvoit parler, ses yeux n'étoient pas assez

grands pour la regarder, & fa
langue liée ne pouvoit expliquer fon étonnement ; mais ce
fut bien autre chofe ; lorfqu'il
vit entrer un nombre extraordinaire de Dames & de Seigneurs , qui tenant tous leur
peau de Chatte , ou de Chats
jettées fur leurs épaules, vinrent fe profterner aux pieds de
la Reine , & luy témoigner
leur joye de la revoir dans fon
état naturel. Elle les reçût a-
vec des témoignages de bonté
qui marquoient affez le caractere de fon cœur. Et aprés a-
voir tenu fon Cercle quelque
moment , elle ordonna qu'on la
laiffât feule avec le Prince, &
elle luy parla ainfi :

Ne penfez pas , Seigneur,
que j'aye toûjours été Chatte,
ny que ma naiffance foit ob-

fcure parmy les hommes. Mon
pere étoit Roy de six Royaumes. Il aimoit tendrement ma
mere , & la laiffoit dans une
entiere liberté de faire tout ce
qu'elle vouloit. Son inclination dominante étoit de voyager ; de forte qu'étant groffe
de moy , elle entreprit d'aller
voir une certaine montagne
dont elle avoit entendu dire
des chofes furprenantes. Comme elle étoit en chemin, on
luy dit qu'il y avoit proche du
lieu , où elle paffoit, un an-
cien Chafteau de Fées, le plus
beau du monde , tout au moins
qu'on le croyoit tel par une
tradition qui en étoit reftée;
car d'ailleurs comme perfonne
ny entroit, on n'en pouvoit juger : mais qu'on fçavoit tres-
feurement que ces Fées avoient

dans leur jardin les meilleurs
fruits, les plus savoureux & délicats qui se fussent jamais man-
gés.

Aussi-tost la Reine ma mere
eut une envie si violente d'en
manger , qu'elle y tourna ses
pas. Elle arriva à la porte de ce
superbe Edifice , qui brilloit
d'or & d'azur de tous les cô-
tez : mais elle y frappa inutilement, qui que ce soit ne parut. Il sembloit que tout le
monde y étoit mort, son envie
augmentant par les difficultez ;
elle envoya querir des échelles ;
afin que l'on pût passer par dessus les murs du jardin , & l'on
en seroit venu about sans que
ces murs se hauffoient à vuë
d'œil bien que personne n'y tra-
vaillât ; l'on attachoit des é-
chelles les unes aux autres, elles

ompoient fous le poids de ceux
qu'on y faifoit monter, & ils
s'eftropioient ou fe tuoient.

La Reine fe defefperoit. Elle
voyoit de grands arbres chargez de fruits qu'elle croyoit
délicieux, elle en vouloit manger, ou mourir ; de forte qu'elle fit tendre des tentes fort riches devant le Chafteau, &
elle y refta fix femaines avec
toute fa Cour. Elle ne dor-
moit ny ne mangeoit, elle fou-
piroit fans ceffe, elle ne parloit que des fruits du jardin
inacceffible ; enfin elle tomba
dangereufement malade, fans
que qui que ce foit pût apporter le moindre remede à fon
mal ; car les inéxorables Fées
n'avoient pas même parû depuis qu'elle s'étoit établie proche de leur Chafteau. Tous
ſes

ſes Officiers s'affligeoient ex-
traordinairement. L'on n'entendoit que des pleurs & des
ſoupirs, pendant que la Reyne
mourante demandoit des fruits
à ceux qui la ſervoient: mais elle
n'en vouloit point d'autres que
de ceux qu'on luy refuſoit.

Une nuit qu'elle s'étoit un
peu aſſoupie, elle vit en ſe ré-
veillant, une petite vieille, laide, & décrepite aſſiſe dans un
fauteüil au chevet de ſon lit.
Elle étoit ſurpriſe, que ſes femmes euſſent laiſſé approcher ſi
prés d'elle une inconnuë; lorſqu'elle luy dit, nous trouvons
ta Majeſté bien importune,
de vouloir avec tant d'opiniâ-
treté manger de nos fruits:
mais puiſqu'il y va de ta pré-
cieuſe vie, mes ſœurs, & moy,
conſentons à t'en donner tant

que tu pourras en emporter,
& tant que tu resteras icy,
pourvû que tu nous fasse un
don. Ha ma bonne mere, s'é-
cria la Reine, parlez je vous
donne mes Royaumes, mon
cœur, mon ame, pourvû que
j'aye du fruit, je ne sçaurois
les acheter trop cher. Nous
voulons, dit-elle, que ta Majesté nous donne la fille que
tu porte dans ton sein ; des
qu'elle sera née, nous la vien-
drons querir ; elle sera nourrie
parmy nous, il n'y a point de
Vertus, de Beautez, de Scien-
ces, dont nous ne l'a doüyons;
en un mot, ce sera nostre enfant, nous la rendrons heureuse : mais observe que ta Majesté ne la reverra plus, qu'elle
ne soit mariée. Si la proposition t'agrée, je vais tout-à-

l'heure te guerir, & te mener
dans nos Vergers, malgré la
nuit, tu verras affez clair pour
choifir ce que tu voudras. Si
ce que je te dis ne te plaift
pas, bon foir, Madame la Reyne, je vais dormir. Quelque
dure que foit la Loy que vous
m'impofez, répondit la Reyne,
je l'accepte plutoft que de mourir ; car il eft certain que je
n'ay pas un jour à vivre, ainfi
je perdrois mon Enfant en me
perdant. Gueriffez moy fça-
vante Fée, continua-t'elle, &
ne me laiffez pas un moment
fans joüir du Privilege que
vous venez de m'accorder.

La Fée la toucha avec une
petite baguette d'or, en difant, que ta Majefté foit quitte de tous les maux qui la re-
tiennent dans ce lit ; il luy

fembla auffi-toft , qu'on luy ô-
toit une robe fort pefante &
fort dure, dont elle fe fentoit
comme accablée, & qu'il y a-
voit des endroits· où elle tenoit davantage. C'étoit appa-
ramment , ceux où le mal é-
toit le plus grand. Elle fit appeller toutes fes Dames ; & leur
dit , avec un vifage gay ,
qu'elle fe portoit à merveille,
qu'elle alloit fe lever , & qu'enfin ces Portes fi bien verroüil-
lées, & fi bien baricadées, du
Palais de Féerie, luy feroient
ouvertes pour manger des beaux
fruits , & pour en emporter
tant qu'il luy plairoit.

Il n'y eut aucunes de fes
Dames , qui ne crût la Reine
en délire, & que dans ce moment, elle rêvoit à ces fruits
qu'elle avoit tant fouhaités : de

forte qu'au lieu de luy répondre, elles se prirent à pleurer,
& firent éveiller tous les Medecins, pour voir en quel état
elle étoit. Ce retardement des-
esperoit la Reine, elle demandoit promptement ses habits, on les luy refusoit ; elle
se mettoit en colere & deve-
noit fort rouge. L'on disoit
que c'étoit l'effet de sa fievre ;
cependant les Medecins étant
entrez, aprés luy avoir touché
le poux, & fait leurs céremo-
nies ordinaires, ne purent nier
qu'elle ne fût dans une parfaite
santé. Ses femmes qui virent
la faute que le zele leur avoit
fait commettre, tâcherent de
la réparer en l'habillant promptement. Chacune luy demanda pardon, tout fut appaisé,
& elle se hasta de suivre la

vieille Fée , qui l'avoit toûjours attenduë.

Elle entra dans le Palais, où
rien ne pouvoit être ajoûté
pour en faire le plus beau lieu
du monde , vous le croirez
aifément , Seigneur, ajoûta la
Reine Chatte blanche, quand
je vous auray dit, que c'eft celuy où nous fommes ; deux autres Fées un peu moins vieilles
que celle qui conduifoit ma
mere la receurent à la Porte,
& luy firent un accüeil tres-
favorable. Elle les pria de la
mener promptement dans le
jardin, & vers les efpaliers où
elle trouveroit les meilleurs
fruits. Ils font tous également
bons, luy dirent-elles, & fans
que tu veux avoir le plaifir de
les cuëillir toy-même , nous
n'aurions qu'à les appeller pour

les faire venir icy. Je vous supplie , Mesdames , dit la Reine , que j'aye la satisfaction de
voir une chose si extraordinaire ; la plus vieille mit ses doigts
dans sa bouche , & sifla trois
fois , puis elle cria abricots ,
pesches , pavis , brugnons , ce-
rises , prunes , poires , biga-
reaux, melons, muscats , pom-
mes, oranges , citrons, groisel-
les , fraises, framboises , accou-
rez à ma voix : mais dit la
Reine , tout ce que vous venez
d'appeller vient en differentes
saisons ; cela n'est pas ainsi
dans nos Vergers , dirent-elles,
nous avons de tous les fruits
qui sont sur la terre toûjours
meurs , toûjours bons, & qui
ne se gastent jamais.

En même temps ils arrive-
rent, roulans, rampans, pesle-
N iiij

mefle fans fe gafter ny fe fa-
lir ; de forte que la Reine impatiente de fatisfaire fon envie, fe jetta deſſus, & prit les
premiers qui s'offrirent fous
ſes mains, elle les devora plûtoſt qu'elle ne les mangeât.

Aprés s'en être un peu raſſa-
ſiée, elles pria les Fées de la laiſſer aller aux eſpaliers pour avoir
le plaiſir de les choiſir de l'œil,
avant que de les cüeillir ; nous
y conſentons volontiers, dirent les trois Fées : mais fou-
viens-toy de la promeſſe que
tu nous as faite ; car il ne te
fera plus permis de t'en dédire. Je fuis perfuadée, repliqua-
t'elle, que l'on eſt ſi bien avec
vous, & ce Palais me femble ſi
beau, que' ſi je n'aimois pas
cherement le Roy mon mary,
je m'offrirois d'y demeurer ;

auſſi c'eſt pourquoy, vous ne
devez point craindre que je re-
tracte ma parole. Les Fées
tres-contentes luy ouvrirent tous
leurs jardins, & tous leurs enclos,
elle y reſta trois jours, & trois
nuits ſans en vouloir ſortir,
tant elle les trouvoit délicieux.
Elle cüeillit des fruits pour ſa
proviſion, & comme ils ne ſe
gaſtent jamais, elle en fit
charger quatre mille Mulets
qu'elle emmena. Les Fées ajou-
terent à leurs fruits des cor-
beilles d'or d'un travail ex-
quis pour les mettre, & pluſieurs raretez dont le prix eſt
exceſſif ; elles luy promirent
de m'élever en Princeſſe, de
me rendre parfaite, & de me
choiſir un Epoux, qu'elle ſeroit avertie de la Nopce, &
qu'elles eſperoient bien qu'elle
y viendroit.

Le Roy fut ravy du retour de la Reine, toute la Cour luy en témoigna sa joye; ce n'étoit que Bals, Mafcarades, Courfes de bagues & Feftins, où les fruits de la Reine étoient fervis comme un régal délicieux. Le Roy les mangeoit preferablement à tout ce qu'on pouvoit luy prefenter. Il ne fçavoit point le Traité qu'elle avoit fait avec les Fées, & fouvent il luy demandoit en quel Pays elle étoit allée pour en rapporter de fi bonnes chofes; elle luy répondoit, qu'ils fe trouvoient fur une Montagne prefque inacceffible, une autre fois qu'ils venoient dans des Vallons; puis au milieu d'un jardin, où dans une grande Foreft. Le Roy demeuroit furpris de tant de contrarietez. Il

queſtionnoit ceux qui l'avoient
accompagnée : mais elle leur
avoit tant deffendu de conter
à perſonne ſon avanture, qu'ils
n'oſoient en parler ; Enfin la
Reine inquiette de ce qu'elle
avoit promis aux Fées, voyant
approcher le temps de ſes cou-
ches , tomba dans une mélan-
colie affreuſe , elle ſoupiroit à
tout moment , & changeoit
à vûë d'œil. Le Roy s'inquié-
ta , il preſſa la Reine de luy
declarer le ſujet de ſa triſteſſe, & aprés des peines extre-
mes , elle luy apprit tout ce
qui s'étoit paſſé entre les
Fees & elle, & comme elle
leur avoit promis la fille qu'elle devoit avoir ; Quoy ,
s'écria le Roy , nous n'avons
point d'Enfans , vous ſçavez à
quel point j'en déſire, & pour

manger deux ou trois Pom-
mes, vous avez été capable de
promettre voftre Fille, il faut
que vous n'ayez aucune amitié pour moy. Là-deffus il l'ac-
cabla de mille reproches, dont
ma pauvre mere penfa mourir
de douleur : mais il ne fe contenta pas de cela, il la fit enfermer dans une Tour, & mit
des Gardes de tous coftez pour
empefcher qu'elle n'eût commerce avec qui que ce foit au
monde que les Officiers qui la
fervoient, encore changea-t'il
ceux qui avoient été avec elle
au Chafteau des Fées.

La mauvaife intelligence du
Roy & de la Reine, jetta la
Cour dans une confternation
infinie. Chacun quitta fes riches habits, pour en prendre
de conformes à la douleur ge-

nerale. Le Roy de son costé
paroissoit inéxorable, il ne
voyoit plus sa femme, & si-tost
que je fus née, il me fit apporter dans son Palais, pour y ê-
tre nourrie pendant qu'elle restoit prisonniere & fort-mal-
heureuse. Les Fées n'igno-
roient rien de ce qui se passoit ; elles s'en irriterent, elles
vouloient m'avoir, elles me regardoient comme leur bien,
& que c'étoit leur faire un vol,
que de me retenir. Avant que
de chercher une vengeance
proportionnée à leur chagrin,
elles envoyerent une celebre
Ambassade au Roy, pour l'a-
vertir de mettre la Reine en
liberté, & de luy rendre ses
bonnes graces, & pour le prier
aussi, de me donner à leurs
Ambassadeurs ; afin d'être nour-

rie & élevée parmy elles. Les
Ambaſſadeurs étoient ſi petits
& ſi contrefaits ; car c'étoient
des Nains hideux, qu'ils n'eurent pas le don de perſuader ce
qu'ils vouloient au Roy. Il les
refuſa rudement, & s'ils n'é-
toient partis en diligence , il
leur feroit peut-être arrivé pis.

Quand les Fées ſçûrent le
procedé de mon pere, elles s'in-
dignerent tout ce qu'on peut
l'être , & aprés avoir envoyé
dans ſes ſix Royaumes , tous
les   maux   qui   pouvoient
les déſoler , elles lâche-
rent un Dragon-épouvantable,
qui rempliſſoit de venin les
endroits où il paſſoit, qui mangeoit les hommes & les enfans,
& qui faiſoit mourir les arbres
& les plantesdu ſouffle de ſon
haleine.

Le Roy se trouva dans la
derniere désolation : il consul-
ta tous les Sages de son Royaume , sur ce qu'il devoit faire
pour garantir ses Sujets , des
malheurs dont il les voyoit acca-
blez. Ils luy conseillerent d'envoyer chercher par tout le monde les meilleurs Medecins, &
les plus excellens remedes , &
d'un autre costé, qu'il falloit
promettre la vie aux Criminels
condamnez à la mort, qui vou-
droient combattre le Dragon.
Le Roy assez satisfait de ces
avis l'executa , & n'en reçut
aucune consolation ; car la mor-
talité continuoit, & personne
n'alloit contre le Dragon qui
n'en fût devoré ; de sorte qu'il
eut recours à une Fée , dont
il étoit protegé dés sa plus tendre jeunesse. Elle étoit fort

vieille, & ne fe levoit prefque
plus, il alla chez elle, il luy
fit mille reproches, de fouffrir
que le deftin le perfecutât fans
le fecourir ; Comment voulez-
vous que je faffe ? luy dit elle, vous avez irrité mes fœurs,
elles ont autant de pouvoir
que moy & rarement nous a-
giffons les unes contre les autres. Songez à les appaifer en
leur donnant voftre Fille, cette
petite Princeffe leur appartient
vous avez mis la Reine dans
une étroite Prifon : Que vous
a donc fait une femme fi aimable pour la traiter fi mal ?
refoudez-vous de tenir la parole qu'elle a donnée ; je vous
affure que vous ferez comblé
de biens.

Le Roy mon pere m'aimoit
cherement

cherement : mais ne voyant point d'autre moyen de fauver fes Royaumes, & de fe délivrer du fatal Dragon, il dit à fon amie, qu'il étoit réfolu de la croire, qu'il vouloit bien me donner aux Fées, puif-qu'elle l'affuroit que je ferois cherie & traitée en Princeffe de mon rang, qu'il feroit auffi revenir la Reine, & qu'elle n'avoit qu'à luy dire à qui il me confieroit pour me porter au Chafteau de Féerie. Il faut, luy dit-elle, la porter dans fon berceau fur la Montagne de Fleurs, vous pourrez même re-fter aux environs, pour eftre Spectateur de la fefte qui fe paffera. Le Roy luy dit que dans huit jours il iroit avec la Reine, qu'elle en avertift fes fœurs les Fées : afin qu'elles

fiſſent là-deſſus ce qu'elles ju-
geroient à propos.

Dés qu'il fut de retour au
Palais , il renvoya querir la
Reine avec autant de tendreſſe & de pompe, qu'il l'avoit
fait mettre priſonniere avec colere & emportement Elle étoit ſi
abbatuë & ſi changée, qu'il auroit eu peine à la reconnoître , ſi ſon cœur ne l'avoit pas
aſſuré , que c'étoit cette même
perſonne qu'il avoit tant cherie. Il la pria les larmes aux
yeux , d'oublier les déplaiſirs
qu'il venoit de luy cauſer , &
que ce feroit les derniers qu'elle éprouveroit jamais avec luy.
Elle repliqua , qu'elle ſe les é-
toit attirez par l'imprudence
qu'elle avoit euë de promettre
ſa Fille aux Fées , & que ſi quelque choſe la pouvoit rendre

excufable , c'étoit l'état où elle étoit ; enfin il luy declara
qu'il vouloit me remettre entre leurs mains ; la Rei-
ne à fon tour combattit ce
deffein : il fembloit que quelque fatalité s'en mêloit, & que
je devois être toûjours un fujet de difcorde, entre mon pere & ma mere. Aprés qu'elle
eut bien gémy & pleuré fans
rien obtenir de ce qu'elle fouhaitoit , (car le Roy en voyoit
trop les funeftes conféquen-
ce, & nos Sujets continuoient
de mourir , comme s'ils euffent
été coupables des fautes de nôtre famille) elle confentit à
ce qu'il defiroit & l'on prépa-
ra tout pour la Cérémonie.

　Je fut mife dans un Berceau
de Nacre de Perle , orné de
tout ce que l'Art peut faire i-

maginer de plus galant. Ce
n'étoit que guirlandes de fleurs,
& feltons qui pendoient autour,
& les fleurs en étoient de pierreries, dont les differentes
couleurs frappées par le Soleil,
réfléchissoient des rayons si
brillans, qu'on ne les pouvoit
regarder. La magnificence de
mon ajustement surpassoit s'il
se peut celle du Berceau. Toutes les bandes de mon maillot
étoient faites de grosses Perles, vingt-quatre Princesses du
Sang me portoient sur une espece de brancart fort leger;
leurs parures n'avoient rien de
commun : mais il ne leur fut
pas permis de mettre d'autres
couleurs que du blanc, par
rapport à mon innocence. Toute la Cour m'accompagna chacun dans son rang.

Pendant que l'on montoit la Montagne, on entendit une mélodieufe Symphonie qui s'approchoit ; enfin les Fées parurent au nombre de tren- te-fix, elles avoient prié leurs bonnes amies de venir avec el- les, chacune étoit affife dans une coquille de Perle plus gran- de que celle où Venus étoit, lorfqu'elle fortit de la Mer ; des Chevaux marins qui n'al- loient guere bien fur terre, les traînoient plus pompeufes que les premieres Reines de l'Uni- vers : mais d'ailleurs vieilles & laides avec excés. Elles por- toient une branche d'Olivier pour fignifier au Roy, que fa foumiffion trouvoit grace de- vant elles ; & lorfqu'elles me tinrent, ce fut des careffes fi extraordinaires, qu'il fembloit

qu'elles ne vouloient plus vivre
que pour me rendre heureufe.

Le Dragon qui avoit fervy à
les vanger contre mon pere,
venoit aprés elles attaché avec
des chaînes de diamans ; elles me prirent entre leurs bras,
me firent mille careffes , me
doüerent de plufieurs avantages, & commencerent enfuite
le branle des Fées. C'eft une
dance fort gaye ; il n'eft pas
croyable combien ces vieilles
Dames fauterent & gambade-
rent ; puis le Dragon qui avoit
mangé tant de perfonnes s'approcha en rampant. Les trois
Fées à qui ma mere m'avoit
promife s'affirent deffus , mirent mon Berceau au milieu
d'elles, & frappant le Dragon
avec une baguette , il dé-
ploya auffi-toft fes grandes ai-

les écaillées plus fines que du crefpe, elles étoient mêlées de mille couleurs bifarres, elles fe rendirent ainfi à leur Château. Ma mere me voyant en l'air expofée fur ce furieux Dragon, ne put s'empêcher de pouffer de grands cris. Le Roy la confola par l'affurance que fon amie luy avoit donnée, qu'il ne m'arriveroit aucun accident, & que l'on prendroit le même foin de moy, que fi j'étois reftée dans fon propre Palais. Elle s'appaifa, bien qu'il luy fut tres-douloureux de me perdre pour fi long-temps, & d'en être la feule caufe; car fi elle n'avoit pas voulu manger les fruits du jardin, je ferois demeurée dans le Royaume de mon pere & je n'aurois pas eû tousles déplaifirs qui me reſtent à vous raconter.

Sçachez donc, Fils de Roy,
que mes Gardiennes avoient
bâty exprés une Tour dans laquelle on trouvoit mille beaux
Appartemens, pour toutes les
Saiſons de l'année, des meubles magnifiques, des livres a-
gréables : mais il n'y avoit point
de Porte, & il falloit toûjours
entrer-par les feneſtres qui é-
toient prodigieuſement hautes.
L'on trouvoit un beau jardin
ſur la Tour, orné de Fleurs,
de Fontaines, & de Berceaux
de verdures, qui garantiſſent
de la chaleur dans la plus ar-
dante Canicule. Ce fut en ce
lieu que les Fées m'éleverent,
avec des ſoins qui ſurpaſſoient
tout ce qu'elles avoient promis à la Reine. Mes habits é-
toient des plus à la mode, &
ſi

ſi magnifiques , que ſi quelqu'un m'avoit vûë, l'on auroit
crû que c'étoit le jour de mes
nopces.   Elles m'apprenoient
tout ce qui convenoit à mon
âge, & à ma naiſſance ; Je ne
leur donnois pas beaucoup de
peine ; car il n'y avoit guere
de choſe que je ne compriſſe ,
avec une extrême facilité : ma
douceur leur étoit fort agréable , & comme je n'avois jamais rien vû qu'elles , je ſe-
rois demeurée tranquille dans
cette ſituation le reſte de ma
vie.

Elles venoient toûjours me
voir, montées ſur le furieux Dragon dont j'ay déja parlé , elles ne m'entretenoient jamais
ny du Roy ny de la Reine ,
elles me nommoient leur Fille , & je croyois l'être. Per-

fonne au monde ne reſtoit avec
moy dans la Tour qu'un Perroquet & un petit Chien, qu'elles m'avoient donné pour me
divertir;car ils étoient doüez de
raiſon, & parloient à merveille.

Un des coſtez de la Tour
étoit bâty ſur un chemin
creux, plein d'ornieres & d'arbres qui l'embarraſſoient ; de
ſorte que je n'y avois apper-
çû perſonne, depuis qu'on m'a-
voit enfermée. Mais un jour
comme j'étois à la feneſtre,
cauſant avec mon Perroquet &
mon Chien, j'entendis quelque
bruit. Je regarday de tous cô-
tez , & j'apperçus un jeune Chevalier, qui s'étoit arreſté pour
écouter nôtre converſation ; je
n'en avois jamais vû qu'en
peinture. Je ne fus pas fâchée qu'un rencontre ineſperé

me fournît cette occasion ; de
sorte que ne me défiant point
du danger qui est attaché à la satisfaction de voir un objet aimable, je m'avançay pour le regarder, & plus je le regardois, plus
j'y prenois de plaisir. Il me fit
une profonde révérence, il attacha ses yeux sur moy, & me
parut tres en peine de quelle
maniere il pourroit m'entretenir ; car ma fenestre étoit fort
haute, il craignoit d'être entendu, & il sçavoit bien que
j'étois dans le Chasteau des
Fées.

La nuit vint presque tout
d'un coup, ou pour parler plus
juste, elle vint sans que nous
nous en apperceussions ; il son-
na deux ou trois fois du cors
& me réjoüit de quelque fanfares, puis il partit sans que je

pûſſe même diſtinguer de quel
coſté il alloit , tant l'obſcurité étoit grande. Je reſtay tres-
réveuſe ; je ne ſentis plus le
même plaiſir que j'avois toûjours pris à cauſer avec Perroquet & mon Chien. Ils me
diſoient les plus jolies choſes
du monde ; car des beſtes Fées
deviennent fort ſpirituelles :
mais j'étois occupée, & je ne
ſçavois point l'Art de me con-
traindre. Perroquet le remarqua : il étoit fin, il ne témoigna rien de ce qui luy rouloit
dans la teſte.

Je ne manquay pas de me
lever avec le jour. Je coûrus à
ma feneſtre ; je demeuray agréablement ſurpriſe , d'apperce-
voir au pied de la Tour, le
jeune Chevalier. Il avoit des
habits magnifiques ; je me flat-

tay que j'y avois un peu de
part, & je ne me trompois
point. Il me parla avec une
espece de trompette qui porte
la voix, & par son secours, il
me dit qu'ayant été insensible
jusqu'àlors, à toutes les beautez qu'il avoit vûës, il s'étoit
senty tout d'un coup si vivement frappé de la mienne,
qu'il ne pouvoit comprendre
comme quoy il se passeroit sans
mourir, de me voir tous les
jours de sa vie. Je demeuray
tres-contente de son compli-
ment, & tres-inquiette de n'o-
ser y répondre ; car il auroit
fallu crier de toute ma force,
& me mettre dans le risque d'ê-
tre entenduë encore mieux des
Fées que de luy. Je tenois
quelques fleurs que je luy jettay, il les reçût comme une

infigne faveur ; de forte qu'il
les baifa plufieurs fois, & me
remercia. Il me demanda enfuite, fi je trouverois bon qu'il
vinft tous les jours à la même
heure fous mes feneftres, &
que fi je le voulois bien, je luy
jettaffe quelque chofe. J'avois
une bague de Turquoife que
j'oftay, brufquement de mon
doigt, & que je luy jettay a-
vec beaucoup de precipitation,
luy faifant figne de s'éloigner
en diligence ; c'eft que j'en-
tendois de l'autre cofté la Fée
violente, qui montoit fur fon
Dragon pour m'apporter à déjeuner.

La premiere chofe qu'elle dit
en entrant dans ma chambre,
ce fut ces mots : Je fens icy
la voix d'un homme, cher-
che Dragon; ô que devins-je !

j'étois tranfie, de peur qu'il ne
paffât par l'autre feneftre, &
qu'il ne fuivît le Chevalier,
pour lequel je m'intereffois
déja beaucoup. En verité, dis-
je, ma bonne maman (car la
vieille Fée vouloit que je la
nommaffe ainfi) vous plaifan-
tez quand vous dités que vous
fentez la voye d'un homme.
Eft-ce que la fvoix fent quelque chofe, & quand cela feroit, quel eft le mortel affez
témeraire pour hazarder de
monter dans cette Tour ? ce
que tu dis eft vray, ma Fille,
repondit-elle, je fuis ravie de
te voir raifonner fi joliment,
& je conçois que c'eft la haine que j'ay pour tous les hommes qui me perfuade quelquefois, qu'ils ne font pas éloi-
gnez de moy. Elle me donna

mon déjeuné, & ma quenoüille. Quand tu auras mangé ne
manque pas de filer ; car tu ne
fis rien hier, me dit-elle, &
mes fœurs fe fâcheront ; en effet, je m'étois fi fort occupée
de l'inconnu, qu'il m'avoit été
impoffible de filer.

Dés qu'elle fut partie, je
jettay la quenoüille d'un petit
air mutin, & montay fur la
terraffe, pour découvrir de plus
loin dans la campagne. J'avois
une lunette d'approche excellente ; rien ne bornoit ma
vûë, je regardois de tous cô-
tez ; lorfque je découvris mon
Chevalier fur le haut d'une
montagne. Il fe repofoit fous
un riche Pavillon d'étoffe d'or,
& il étoit entouré d'une fort
groffe Cour. Je ne doutay point
que ce fût le Fils de quelque

Roy voifin du Palais des Fées,
& comme je craignois que s'il
revenoit à la Tour il ne fût
découvert par le terrible Dragon, je vins prendre mon Perroquet, & luy dis de voler jufqu'à cette montagne, qu'il y
trouveroit celuy qui m'avoit parlé, & qu'il le priât de ma part
de ne plus revenir ; parce que
j'apprehendois la vigilance de
mes Gardiennes, & qu'elles
ne luy fiffent un mauvais
tour.

Perroquet s'acquitta de fa
commiffion en Perroquet d'efprit. Chacun demeura furpris
de le voir venir à tire d'aîles
fe percher fur l'épaule du Prince, & luy parler tout bas à l'o-
reille. Le Prince reffentit de
la joye, & de la peine de cette ambaffade. Le foin que je

prenois flattoit fon cœur : mais
les difficultez qui fe rencon-
troient à me parler l'acca-
bloient, fans pouvoir le détourner du deffein qu'il avoit formé de me plaire. Il fit cent
queftions à Perroquet, & Perroquet luy en fit cent à fon
tour ; car il étoit naturellement
curieux. Le Roy le chargea
d'une bague pour moy, à la place de ma Turquoife, s'en é-
toit une auffi ; mais beaucoup
plus belle que la mienne. Elle étoit taillée en cœur avec
des Diamans ; il eft jufte, a-
joûta-t'il, que je vous traite
en Ambaffadeur. Voilà mon
Portrait que je vous donne, ne
le montrez qu'à voftre charmante Maiftreffe ; il luy attacha fous fon aifle fon Portrait,
& il apporta la bague dans fon
bec.

J'attendois le retour de mon petit Courier vert avec une impatience que je n'avois point connuë jufqualors. Il me dit, que celuy à qui je l'avois envoyé étoit un grand Roy, qu'il l'avoit reçû le mieux du monde, & que je pouvois m'affurer qu'il ne vouloit plus vivre que pour moy, qu'encore qu'il y eût beaucoup de peril à venir au bas de ma Tour, il étoit réfolu à tout plutoft que de renoncer à me voir. Ces nouvelles m'intriguerent fort, je me pris à pleurer ; Perroquet & Toutou me confolerent de leur mieux ; car ils m'aimoient tendrement. Puis Perroquet me préfenta la bague du Prince , & me montra le Portrait. J'avouë que je n'ay jamais été fi aife que

je le fus de pouvoir confide-
rer de prés celuy que je n'avois
vû que de loin. Il me parut,
encore plus aimable, qu'il ne
m'avoit femblé, il me vint cent
penfées dans l'efprit dont les
unes agreables & les autres tri-
ftes, me donnerent un air d'inquietude extraordinaire.

Les Fées qui vinrent me voir
s'en apperçeurent. Elles fe dirent l'une à l'autre, que fans
doute je m'ennuyois, & qu'il
falloit fonger à me trouver un
Epoux de raçe Fée. Elles par-
lerent de plufieuts, & s'arrefterent fur le petit Roy Migonnet, dont le Royaume étoit à
cinq cent mille lieuës de leur
Palais : mais ce n'étoit pas là u-
ne affaire. Perroquet entendit
ce beau Confeil ; il vint m'en
rendre compte, & me dit, ha

que je vous plains, ma chere
Maiſtreſſe, ſi vous devenez la
Reine Migonnette, c'eſt un
magot qui fait peur. J'ay regret de vous le dire : mais en
verité le Roy qui vous aime,
ne voudroit pas de luy pour ê-
tre ſon valet de pied. Eſt-ce
que tu l'as vû Perroquet ? je le
croy vrayment, continua - t'il,
j'ay été élevé ſur une branche
avec luy, comment ſur une
branche, repris-je, oüy dit-il,
c'eſt qu'il a les pieds d'un Aigle.

Un tel recit m'affligea étrangement. Je regardois le charmant Portrait du jeune Roy,
je penſois bien qu'il n'en avoit
regalé Perroquet, que pour me
donner lieu de le voir ; &
quand j'en faiſois comparaiſon
avec Migonnet, je n'eſperois

plus rien de ma vie, & je me
refoudois plutoft à mourir qu'à
l'époufer.

Je ne dormis point tant que la
nuit dura. Perroquet & Toutou
cauferent avec moy; je m'endor-
mis un peu fur le matin, & comme mon Chien avoit le nez bon,
il fentit que le Roy étoit au pied
de la Tour. Il éveilla Perroquet,
je gage, dit-il, que le Roy eft
là-bas , Perroquet répondit ,
tais-toy babillard , parce que
tu as prefque toûjours les yeux
ouverts , & l'oreille alerte, tu
eft fâché du repos des autres :
mais gageons , dit encore le
bon Toutou, je fçay bien qu'il
y eft. Perroquet repliqua , &
moy je fçay bien qu'il n'y eft
point. Ne 'luy ay-je pas défen..
du d'y venir de la part de nôtre Maitreffe ; ha ! vrayment

tu me la donne belle avec tes
défences, s'écria mon Chien,
un homme paſſionné ne con-
ſulte que ſon cœur, & là-deſſus, il ſe mit à luy tirailler ſi
fort les aiſles, que Perroquet
ſe fâcha. Je m'éveillay aux cris
de l'un & de l'autre ; ils me
dirent ce qui en faiſoit le ſujet, je courus ou plûtoſt je vol-
lay à ma feneſtre, je vis le Roy
qui me tendoit les bras, & qui
me dit avec ſa trompette qu'il
ne pouvoit plus vivre ſans
moy, qu'il poſſedoit un floriſ-
ſant Royaume, qu'il me con-
juroit de trouver les moyens de
ſortir de ma Tour, ou de l'y
faire entrer ; qu'il atteſtoit tous
les Dieux & tous les Elemens,
qu'il m'épouſeroit auſſi-toſt, &
que je ferois une des plus grandes Reines de l'Univers.

Je commanday à Perroquet
de luy aller dire, que ce qu'il
fouhaitoit me fembloit pref-
qu'impoffible ; que cependant
fur la parole qu'il me donnoit
& les fermens qu'il avoit faits,
j'allois m'appliquer à ce qu'il
defiroit , que je le conjurois
de ne pas venir tous les jours,
qu'enfin l'on pourroit s'en ap-
percevoir , & qu'il n'y auroit
point de quartier avec les Fées.

Il fe retira comblé de joye,
par l'efperance dont je le flat-
tois. Et je me trouvay dans le
plus grand embarras du monde, lorfque je fis réflexion à
ce que je venois de promettre. Comment fortir de cette
Tour , où il n'y avoit point
de Portes ? & n'avoir pour
tout fecours que Perroquet &
Toutou, être fi jeune, fi peu expe-
rimentée

rimentée, si craintive ; je pris
donc la resolution de ne point
tenter une chose, où je ne réüs-
sirois jamais, & je l'envoyay
dire au Roy par Perroquet. Il
voulut se tuër à ses yeux :
mais enfin il le chargea de
me persuader, ou de le venir voir mourir, ou de le sou-
lager. Sire, s'écria l'Ambassadeur emplumé, ma Maistresse est suffisamment persuadée,
elle ne manque que de pouvoir.

Quand il me rendit compte
de tout ce qui s'étoit passé, je
m'affligeay plus que je l'eusse
encore fait. La Fée violente
vint, elle me trouva les yeux
enflez & rouges ; elle dit que
j'avois pleuré, & que si je ne
luy en avoüois le sujet, elle
me brusleroit ; car toutes ses

menaces étoient toujours terribles. Je répondis en tremblant
que j'étois lasse de filer, & que
j'avois envie de faire de petits filets pour prendre des oi-
sillons, qui venoient becter les
fruits de mon jardin : Ce que
tu souhaite, ma Fille, me dit-
elle, ne te coutera plus de
larmes, je t'apporteray des cor-
delettes tant que tu en voudras, & en effet j'en eûs le
soir même : mais elle m'avertit de songer moins à travailler qu'à me faire belle ; parce
que le Roy Migonnet devoit
arriver dans peu ; je fremis à
ces fâcheuses nouvelles, & ne
repliquay rien.

Dés qu'elle fut partie, je
commençay deux ou trois morceaux de filets : mais à quoy
je m'appliquay, ce fut à faire

une échelle de corde, qui é-
toit tres-bien faite, sans en a-
voir jamais vû. Il est vray que
la Fée ne m'en fournissoit pas
autant qu'il m'en falloit, &
sans cesse elle me disoit : mais
ma Fille ton ouvrage est semblable à celuy de Penelope,
il n'avance point, & tu ne
laisse pas de me demander dequoy travailler. O ma bonne
maman ! disois-je, vous en parlez bien à vôtre aise ; ne voyez
vous pas que je ne sçay comment m'y prendre, & que je
brûle tout ; avez vous peur que
je ne vous ruine en ficelle.
Mon air de simplicité la ré-
joüissoit, bien qu'elle fût d'u-
ne humeur tres-desagreable &
tres-cruelle.

J'envoyay Perroquet dire au
Roy, de venir un soir sous les

feneſtres de la Tour, qu'il y
trouveroit l'échelle , & qu'il
ſçauroit le reſte quand il ſeroit
arrivé ; en effet je l'attachay
bien ferme, reſoluë de me ſauver avec luy ; mais quand il la
vit, ſans attendre que je deſ-
cendiſſe , il monta avec em-
preſſement , & ſe jetta dans
ma chambre comme je prépa-
rois tout pour ma fuite.

Sa vûe me donna tant de joye,
que j'en oubliay le péril où nous
étions. Il renouvella tous ſes
ſermens, & me conjura de ne
point differer de le recevoir
pour mon Epoux : nous prîmes
Perroquet & Toutou, pour témoins de nôtre Mariage , jamais Nopces ne ſe font faites
entre des perſonnes ſi élevées
avec moins d'éclat & de bruit,
& jamais cœurs n'ont été plus

contens que les noſtres.

Le jour n'étoit pas encore
venu quand le Roy me quitta,
je luy racontay l'épouvantable
deſſein des Fées de me marier
au petit Migonnet. Je luy dé-
peignis ſa figure, dont il eut
autant d'horreur que moy. A
peine fut il party, que les heures me ſemblerent auſſi longues que des années ; je courus à la feneſtre , je le ſuivis
des yeux , malgré l'obſcurité ;
mais quel fut mon étonnement ?
de voir en l'air un Chariot de
feu traîné par des Salamandres
aiſlées , qui faiſoient une telle diligence que l'œil pouvoit
à peine les ſuivre. Ce Chariot étoit accompagné de pluſieurs Gardes montez ſur des
Autruches. Je n'eus pas aſſez
de loiſir pour bien conſiderer

le Magot qui traverſoit ainſi
les airs : mais je crus aiſément
que c'étoit une Fée, ou un en-
chanteur.

Peu aprés la Fée violente en-
tra] dans ma chambre, je t'ap-
porte de bonnes nouvelles, me
dit-elle, ton Amant eſt arrivé
depuis quelques heures, prépare toy à le recevoir ; voicy
des habits & des pierreries.
Et qui vous a dit, m'écriay-je,
que je voulois être mariée ? ce
n'eſt point du tout mon inten-
tion ; renvoyez le Roy Migonnet, je n'en mettrois pas une
épingle davantage, qu'il me
trouve belle ou laide, je ne ſuis
point pour luy. Oüays, oüays, dit
la Fée en colere, quelle petite revoltée, quelle teſte ſans cer-
velle, je n'entends pas raillerie,

& je te . . . . . . que me ferez
vous, repliquay-je toute rouge
des noms qu'elle m'avoit don-
nez. Peut-on être plus triftement nourrie que je le fuis,
dans une Tour avec un Perroquet & un Chien, voyant
tous les jours plufieurs fois l'horrible figure d'un Dragon épouvantable. Ha petite ingrate !
dit la Fée, meritois tu tant de
foins & de peines, je ne l'ay
que trop dit à mes fœurs, que
nous en aurions une trifte récompenfe. Elle fut les trouver, elle luy raconta noftre
differend, elles refterent auffi
furprifes les unes que les autres.

Perroquet & Toutou me fi-
rent de grandes remontrances,
que fi je faifois davantage la mutine, ils prévoyoient qu'il m'en

arriveroit de cuifans déplaifirs.
Je me fentois fi fiere de poffe-
der le cœur d'un grand Roy,
que je méprifois les Fées & les
confeils de mes pauvres petits camarades. Je ne m'habil-
lay point, & j'affectay de me
cœffer de travers, afin que Migonnet me trouva defagreable.
Noftre entrevûë fe fit fur la
terraffe. Il y vint dans fon
Chariot de feu; jamais depuis
qu'il y a des Nains, il ne s'en
eft vû un fi petit. Il marchoit
fur fes pieds d'Aigle & fur les
genoux tout enfemble; car il
n'avoit point d'os aux jambes;
de forte qu'il fe foutenoit fur
deux bequilles de Diamans. Son
Manteau royal n'avoit qu'une
demie aulne de long, & traî-
noit de plus d'un tiers. Sa tête
étoit groffe comme un boiffeau,

&

& son nez si grand, qu'il portoit dessus une douzaine d'oiseaux, dont le ramage le ré-
joüissoit : il avoit une si fu-
rieuse barbe que les Serains
de Canarie y faisoient leur nids,
& ses oreilles passoient d'u-
ne coudée au dessus de sa tête : mais on s'en appercevoit
peu, à cause d'une haute Couronne pointuë, qu'il portoit
pour paroistre plus grand. La
flâme de son Chariot rostit les
fruits, seicha les fleurs, & tarit les fontaines de mon jardin. Il vint à moy les bras ouverts pour m'embrasser, je me
tins fort droite, & il fallut que
son premier Ecuyer le haussât;
mais aussi-tost qu'il s'approcha,
je m'enfuis dans ma chambre,
dont je fermay la porte & les
fenestres ; de sorte que Migon-

net fe retira chez les Fées tres-
indigné contre moy.

Elles luy demanderent mille fois pardon de ma brufque-
rie , & pour l'appaifer ; car il
étoit redoutable, elles refolurent de l'amener la nuit dans
ma chambre pendant que je
dormirois , de m'attacher les
pieds & les mains , pour me
mettre avec luy dans fon brû-
lant Chariot afin qu'il m'em-
menât. La chofe ainfi arreftée,
elles me gronderent à peine des
brufqueries que j'avois faites.
Elles dirent feulement qu'il
falloit fonger à les reparer. Perroquet & Toutou refterent furpris d'une fi grande douceur :
Sçavez-vous bien ma Maiftreffe , dit mon Chien , que le
cœur ne m'annonce rien de bon;
Mefdames les Fées font d'étran-

ges perſonnes, & ſur tout vio-
lentes. Je me moquay de ces
alarmes, & j'attendis mon cher
Epoux avec mille impatien-
ces, il en avoit trop de me
voir pour tarder ; je luy jettay
l'échelle de corde bien réſoluë
de m'en retourner avec luy, il
monta légérement & me dit
des choſes ſi tendres, que je
n'oſe encore les rappeller à mon
ſouvenir.

Comme nous parlions enſemble avec la même tranquilité
que nous aurions eüe dans ſon
Palais, nous vîmes enfoncer
tout d'un coup les feneſtres de
ma chambre. Les Fées entrerent ſur leur terrible Dragon,
Migonnet les ſuivoit dans ſon
Chariot de feu, & tous ſes
Gardes avec leurs Autruches.
Le Roy ſans s'effrayer mit l'é-

pée à la main , & ne fongea
qu'à me garantir de la plus fu-
rieufe avanture qui fe foit jamais paſſée ; car enfin vous le
diray-je Seigneur ? ces barbares
creatures pouſſerent leurDragon
fur luy,& à mes yeuxil le devora.

Déſeſperée   de ſon mal-
heur & du mien , je me jettay dans la gueule de cet
horrible monſtre, voulant qu'il
m'engloutît , comme il venoit
d'engloutir tout ce que j'aimois
au monde. Il le vouloit bien
auſſi : mais les Fées encore
plus cruelles que luy , ne le
voulurent pas; il faut, s'écrie-
rent-elles, la réferver à de plus
longues peines , une prompte
mort eſt trop douce pour cette indigne creature. Elles me
toucherent, je me vis auſſi-tôt
fous la figure d'une Chatte

blanche ; elles me conduisi-
rent dans ce superbe Palais,
qui étoit à mon pere, elles mé-
tamorphoserent tous les Seigneurs , & toutes les Dames
du Royaume en Chats & en
Chattes ; elles en laisserent
d'autres à qui l'on ne voyoit
que les mains, & me réduisi-
rent dans le déplorable état,
où vous me trouvâtes, me faisant sçavoir ma naissance, la
mort de mon pere, celle de
ma mere, & que je ne ferois
délivrée de ma chattonique
figure , que par un Prince qui
ressembleroit parfaitement à
l'Epoux qu'elles m'avoient ravy. C'est vous Seigneur, qui a-
vez cette ressemblance, continua-t'elle, mêmes traits, même
airs, même son de voix ; J'en
fut frappée aussi-tost que je

vous vis, j'étois informée de tout ce qui devoit arriver, &. je le fuis encore de tout ce qui arrivera, mes peines vont finir ; & les miennes belle Reine, dit le Prince, en fe jetrant à fes pieds, feront-elles de longues durées ? je vous aime déja plus que ma vie ; Seigneur, dit la Reine, il faut partir pour aller vers voftre pere, nous verrons fés fentimens pour moy, & s'il confentira à ce que vous defirez.

Elle fortit, le Prince luy donna la main, elle monta dans un Chariot avec luy : il étoit beaucoup plus magnifique que ceux qu'il avoit eûs jufqu'alors. Le refte de l'équipage y répondoit à tel point, que tous les fers des chevaux étoient d'Emeraudes, & les clouds de Dia-

mans. Cela ne s'eſt peût-être
jamais vû que cette fois-là. Je
ne dis point les agreables con-
verſations, que la Reine & le
Prince avoient enſemble : Si
elle étoit unique en beauté,
elle ne l'étoit pas moins en eſprit, & ce jeune Prince étoit
auſſi parfait qu'elle ; de ſorte
qu'ils penſoient des choſes toutes charmantes.

Lorſqu'ils furent proche du
Chaſteau, où les deux freres
aînez du Prince devoient ſe
trouver, la Reine entra dans
un petit Rocher de criſtal,
dont toutes les pointes étoient
garnies d'or & de rubis. Il y avoit
des rideaux tout autour, afin
qu'on ne la viſt point, & il é-
toit porté par de jeunes hommes tres-bien faits & ſuperbe-
ment vétus. Le Prince demeu-

R iiij

ra dans le beau Chariot, il apperçut ses freres qui se prome-
noient avec des Princesses d'u-
ne excellente beauté. Dés qu'ils
le reconnurent, ils s'avancerent,
pour le recevoir, & luy demanderent   s'il   amenoit   une
Maistresse : il leur dit, qu'il a-
voit été si malheureux, que
dans tout son voyage il n'en a-
voit rencontré que de tres-lai-
des, que ce qu'il rapportoit
de plus rare c'étoit une petite
Chatte blanche. Ils se prirent
à rire de sa simplicité ; Une
Chatte, luy dirent-ils, avez
vous peur que les Souris ne
mangent nostre Palais. Le Prince repliqua, qu'en effet il n'é-
toit pas Sage, de vouloir faire
un tel present à son pere ; là-
dessus, chacun prit le chemin
de la Ville.

Les Princes aînez monterent avec leurs Princesses, dans des Caleches toutes d'or & d'azur, leurs chevaux avoient sur leur testes des plumes & des aigrettes ; rien n'étoit plus brillant que cette Cavalcade. Nostre jeune Prince alloit aprés & puis le Rocher de cristal, que tout le monde regardoit avec admiration.

Les Courtisans, s'empresserent de venir dire au Roy, que les trois Princes arrivoient, amenent-ils de belles Dames ? repliqua le Roy, il est impossible de rien voir qni les surpassent. A cette réponce il parut fâché. Les deux Princes s'empresserent de monter avec leurs merveilleuses Princesses. Le Roy les reçut tres-bien, & ne sçavoit à laquelle donner le

Prix ; il regarda fon cadet, &
luy dit, cette fois icy vous venez donc feul : Voftre Majefté verra dans ce Rocher une
petite Chatte blanche, repliqua
le Prince, qui miaule fi doucement, & qui fait fi bien patte de velours, qu'elle luy agré-
ra. Le Roy fourit, & fut luy-
même pour ouvrir le Rocher :
mais auffi-toft qu'il s'approcha, la Reine avec un reffort
en fit tomber toutes les pieces, & parut comme le Soleil
qui a été quelque temps en-
veloppé dans une nuë, fes cheveux blonds étoient épars fur
fes épaules, ils tomboient par
groffes boucles jufqu'à fes pieds.
Sa tefte étoit ceinte de fleurs,
fa robe d'une legere gafe blanche doublée de taffetas couleur de rofe ; elle fe leva, &

fit une profonde reverence au Roy qui ne put s'empefcher dans l'excés de fon admiration de s'écrier, voicy l'incomparable & celle qui mérite ma Couronne.

Seigneur, luy dit-elle, je ne fuis pas venuë pour vous arracher un Trône que vous rempliffez fi dignement, je fuis née avec fix Royaumes : permettez que je vous en offre un, & que j'en donne autant à chacun de vos Fils. Je ne vous demande pour toute récompenfe que voftre amitié, & ce jeune Prince pour Epoux. Nous aurons encore affez de trois Royaumes. Le Roy, & toute la Cour pouffèrent de longs cris de joye, & d'étonnement. Le Mariage fut celebré auffitoft, auffi bien que celuy des

deux Princes ; de forte que
toute la Cour paffa plufieurs
mois dans les divertiffemens &
les plaifirs. Chacun enfuite
partit pour aller gouverner
fes Etats ; la belle Chatte blanche s'y eft immortalifée, autant
par fes bontez & fes liberali-
tez, que par fon rare merite
& fa beauté.

Ce jeune Prince fut heu-
   reux
De trouver en fa Chatte une au-
   gufte Princeffe,
Digne de recevoir fon encens &
   fes vœux,
Et preft à partager fes foins &
   fa tendreffe :
Quand deux yeux enchanteurs
   veulent fe faire aimer
   On fait bien peu de refiftan-
   ce,

Sur tout quand la reconnoif-
    fance,
Aide encore à nous enflam-
    mer.
Tairay-je cette mere, & cette fol-
le envie,
Qui fit à Chatte blanche éprou-
    ver tant d'ennuis,
    Pour goûter de funestes fruits,
Au pouvoir d'une Fée elle la sa-
crifie.
Meres qui possedez des objets pleins
    d'appas,
Détestez sa conduite, & ne l'i-
    mitez pas.

Le Prieur en achevant la lecture du Conte, jetta les yeux
sur la Dandinardiere, il vit les
fiens fermez, & qu'il ne re-
muoit point : il s'approcha, &
criant de toute sa force, mon
amy, estes-vous en ce monde

ou en l'autre. Le petit homme
le regarda fixement, & luy dit
enfuite, j'étois fi charmé de
Chatte blanche, qu'il me fembloit eftre à la nopce, ou ra-
maſſant à l'entrée qu'elle fit,
les fers d'Emeraudes & les
clouds de Diamans de fes chevaux. Vous aimez donc ces fortes de fictions? reprit le Prieur:
Ce ne font point des fictions,
ajoûta la Dandinardiere, tout
cela eft arrivé autrefois, & arriveroit bien encore fans que
ce n'eft plus la mode; ha! fi
j'avois été de ce temps-là, ou
que cela fut de celuy-cy, j'aurois fait une belle fortune.
Sans doute, continua le Prieur,
que vous auriez époufé quelque
Fée. Je ne fçay, dit le petit
homme, elles me femblent
trop laides, & fi je me marie,

je veux que mon cœur y trouve fon compte ; c'eft-à-dire,
interrompit le Prieur, que vous
prendrez une fille de merite ;
belle, vertueufe, & fpirituelle,
qu'à l'égard du bien vous luy
ferez grace, perfuadé qu'il eft
difficile de rencontrer tant de
bonnes chofes à la fois ; allez
je vous en aime mieux, & je
feray voftre Panegyrifte à l'avenir ; vous ne voulez pas m'entendre, s'écria la Dandinardiere, je prétends que celle a-
vec qui je me marieray, aye
toutes les qualitez de corps &
d'efprit, dont vous venez de
parler : mais je prétends auffi
qu'elle foit riche, & dans le
temps des Fées j'aurois bien
trouvé le moyen d'avoir une
Reine ; avec tout cela rien n'é-
toit plus commode, l'on faifoit

tout par trois mots de brelic,
breloc, par une baguette, par
un vray rien, au lieu qu'à prefent si l'on eft né pauvre, &
que l'on veüille s'enrichir, il
faut travailler comme des loups,
bien fouvent même fans réüffîr,

O tempora, ô mores.

Monfieur le Prieur, qu'en
dites-vous, continua-t'il, ce la-
tin n'eft pas d'un fat ; je vous
admire autant, dit le Prieur,
que vous avez admiré Chatte
blanche, vous eftes merveilleux,
& l'on s'inftruit toûjours avec
vous. Ce petit mortel reffentoit une extreme joye de s'attirer des loüanges : mais pour
en meriter felon luy d'éternel-
les, il voulut faire un Conte à
fon tour ; de forte qu'il pria
le

le Prieur, qu'on fût avertir
Alain de l'accident qui luy é-
toit arrivé ; afin qu'il se ren-
dît promptement auprés de luy;
& le remerciant de la complai-
sance qu'il avoit eüe de lire
si longtemps, il feignit d'avoir
envie de dormir, pour rester
dans l'entiere liberté de réver.

Il rêva en effet, & ce fut
beaucoup plus à Virginie qu'aux
Fées. Qu'elle sublimité d'esprit ? s'écrioit-il, une fille élevée au bord de la mer, qui
ne devroit pas avoir plus de
genie qu'une folle, ou qu'une
huistre à l'écaille, écrit comme les plus celebres Auteurs.
J'ay le goût bon ; quand j'ap-
prouve quelque chose, il faut
qu'il soit excellent : j'approu-
ve Chatte blanche, donc Chatte blanche est excellente, & je

veux le foutenir contre tout le genre humain. Mon valet A-lain que je feray armer de pied en cap, & qui fe battra pour moy, fera le tenant de la barriere; on l'entendoit de l'anti-chambre qui parloit ainfi, & qui faifoit tout feul plus de bruit qu'une douzaine de perfonnes.

On en fut avertir Monfieur de faint Thomas, il eut peur que fa chute ne luy caufât cet efpece de délire. Il vint l'écouter, & demeura furpris des difparades qu'il difoit. Alain arriva; il luy défendit d'entrer dans la chambre de fon Maître, crainte de le faire parler davantage, & pour le tirer d'inquiétude, on luy dit qu'il viendroit le lendemain. La Dandinardiere demeura occupé toute la nuit de l'envie de faire un Conte , cela l'empê-cha de dormir, il étoit défef-peré de n'avoir pas fon Secre-taire pour le faire écrire : il demanda avant le jour un Pay-fan pour envoyer à fon Châ-teau ; parce qu'il vouloit voir Alain à quelque prix que ce fût. On éveilla le Baron pour luy dire l'impatience du Bour-geois , & fur le champ il luy envoya ce fidele domeftique.

Dés qu'il parut , il fit deux ou trois bonds dans fon lit, & luy tendant les bras, viens A-lain, s'écria-t'il , viens mon a-my, pour que je te raconte les chofes du monde les plus é-tonnantes ; permettez moy, dit Alain, (tout attendry de luy voir la tefte entortillée de lin-ges) que je vous demande

comment vous vous portez:
Cela me paroiſt plus preſſé
qu'aucunes choſes du monde.
Je pourrois me porter mieux,
repliqua la Dandinardiere :
mais helas ! mon plus grand mal
n'eſt pas celuy que tu vois à
ma teſte ; je ſuis amoureux,
Alain, & c'eſt le coup le plus
adroit que Cupidon aye dé-
coché depuis qu'il s'en meſle.
Alain ne répondit rien ; il con-
noiſſoit auſſi peu Cupidon que
l'Alcoran , & il eut peur de
hazarder une ſottiſe, en voulant dire quelque choſe de bon.
Tu ne parle point? dit la Dandinardiere, non , Monſieur,
j'écoute, répondit Alain, é-
coute donc ce qui m'eſt arrivé. J'ay engagé ma liberté à
une jeune Princeſſe. Combien
vous a t'elle donné deſſus ? in-

terrompit Alain ; crois-tu, groſſe beſte, s'écria la Dandinardiere, qu'il s'agiſſe d'un habit
ou de quelque bijoux ; je ne
ſçay ce que je croy, dit le valet, vous me parlez dans des
termes qui me ſont tous nouveaux : par exemple, où avez
vous pû trouver une Princeſſe
dans ce Pays icy ? à moins de
quelque naufrage, & que la
mer l'y ait jettée ; tu raiſonne
fort bien, dit le petit Bourgeois, les Princeſſes ne foiſon-
nent pas en ce canton : mais celle que j'adore mérite de l'être,
& à mon égard c'eſt tout comme ſi elle l'étoit, on l'appelle
Virginie, ce nom vient de l'an-
cienne Rome, & pour l'amour
du nom ſeul, Virginie poſſede-
roit mon cœur.

Alain ouvroit les yeux & la bouche, émerveillé de la fcience de fon Maiftre. Il gardoit un filence refpectueux qui donnoit le temps au malade de parler fans relâche : mais faifant reflection que rien n'avançoit moins le Conte qu'il avoit réfolu d'écrire, il commanda tout d'un coup au bon Alain d'aller chez luy, de mettre tous fes livres dans une ou deux charettes, & de les luy apporter. Vous allez donc demeurer icy, Monfieur, luy dit-il triftement ; non, mon amy, repliqua le malade, je n'y refteray qu'autant de temps que je feray incommodé de mes bleffures : mais il faut que je faffe un grand Ouvrage, & j'ay befoin de feüilleter les meilleurs Auteurs : cours promptement,

reviens avec la même diligence.

Alain rencontra le Baron, le
le Vicomte, & le Prieur. Il paſſa
bruſquement ſans les regarder
& ſortit, le Baron, l'appella
pluſieurs fois ; enfin il revint
ſur ſes pas. Dis moy, Alain,
où t'envoye ton Maiſtre ? car
ton air affairé me donne de la
curioſité. Je vais Monſieur,
répondit Alain, querir tous
ſes Livres, & toute ſa Doctri-
ne ; il veut écrire la plus
belle choſe du monde : ſi vous
vouliez luy aider il en a je
croy grand beſoin ; j'en ſuis
perſuadé, repliqua le Baron :
mais demeure icy il y a aſſez
de livres pour l'occuper agreablement ; ô je n'ay garde de
ne luy pas obéir, dit Alain,
il veut quatre fois plus qu'un

autre ce qu'il veut, il bat quand
il eſt fâché, ne ſçay-je pas
comme il m'en apris avec ſa
querelle d'honneur. Je t'aſſure
dit le Vicomte, en l'arreſtant,
que tu ne partiras point que tu
ne nous aye raconté pour-
quoy tu as été battu. Alain
aimoit trop à cauſer pour en
perdre une ſi belle occaſion. Il
leur apprit comme il l'avoit armé afin de le faire paſſer pour
luy, & tout ce qu'il luy
avoit dit, pour l'encourager à
l'action heroïque de combattre.

Ces Meſſieurs s'entreregar-
doient, bien étonnez des extravagances du petit homme, &
des ſimplicitez d'Alain. Ils voulurent inutilement le détourner
d'aller querir la Bibliotheque de
ſon Maiſtre; il leur dit, qu'il s'en
iroit,

iroit, quand ce feroit pour jetter tous les livres au fonds de
la mer, & en effet il les quitta promptement.

En verité, dit le Baron de
faint Thomas à fes deux amis,
me confeilleriez vous de penfer férieufement à la Dandinardiere pour une de mes Filles ; il femblent aux vifions qui
leur roulent dans la tefte qu'ils
font faits les uns pour les autres : cependant un ménage va
bien mal, quand il eft gouver-
né par de tels efprits. Ne vous
dégoutez pas, répondit le Vicomte, c'eft un homme riche,
il eft un peu don Quichotte :
mais ces extravagances luy paf-
feront plus aifément ; car il
n'eft pas fi brave que luy, &
vous voyez que le feul nom de
Villeville le fait trembler ; il

Tome II.   T

est mal aisé qu'on soutienne
longtemps l'air fanfaron, quand
on a toûjours peur ; ajoûtez à
cela , dit le Prieur, que vous
pourrez les engager de demeurer avec vous, & que vous
les redresserez : j'ay plus sujet
de craindre, dit le Baron, en
souriant , qu'ils ne me gastent
le cerveau, que je n'ay lieu d'es-
perer que mes remonstrances
raccommoderont le leur. Voila ma femme , & mes deux Filles qui ont chacunes leur genie particulier. La Dandinardiere avec elles, achevera d'ex-
travaguer ; n'importe , dit le
Prieur, il est en fond d'argent
comptant. Je ne vous pardon-
neray de ma vie, si vous le laissez échapper : mais à propos,
je vais le voir, il faut que je
sçache ce qu'il veut écrire.

Il monta auſſi-toſt dans ſa chambre, & aprés luy avoir demandé de ſes nouvelles ; je viens, luy dit-il, vous offrir d'être voſtre Secretaire aujour-d'huy, comme je fus hier vô-tre Lecteur. Vous ne pouvez me faire un plus ſenſible plaiſir, s'écria la Dandinardiere, en luy tendant les bras ; car encore que j'aye Alain, ſon écriture eſt ſi déteſtable, que nous aurions beſoin d'un tiers pour déchifrer ce qu'il griffon-ne ; il a ſi peu d'eſprit, que toutes les belles & bonnes choſes que je luy dis ſont per-duës ; parce qu'il ne les entend point, & comment arranger ce qu'on n'entend pas. Concluſion, dit le Prieur, j'ay tout l'air de vous ſervir de Secretaire, au moins tant que

vous ferez incommodée, ha,
Monfieur! s'écria la Dandinardiere, je fuis voftre ferviteur, voftre petit valet, voftre
redevable; il me fuffit que vous
foyez mon amy, dit le Prieur,
en l'interrompant, apprenez-
moy dequoy il eft queftion, fi
vous voulez traiter voftre fujet
en Vers, ou bien en Profe,
cela m'eft égal, repliqua noftre
Bourgeois, pourvû que je faffe
un Conte, pour convaincre
Virginie que je n'ay guere
moins d'efprit qu'elle; tout ce
qui me chagrine c'eft que je
n'ay jamais vû de Fées, &
que je ne fçay pas même où elles demeurent. Il ne faut point
vous embaraffer; dit le Prieur,
je fuis tout propre à vous aider, & fans vous creufer la tête en voicy un dans ma poche

que je viens de finir, & que
perfonne au monde n'a vû.
Ha, Monfieur ! s'écria la Dandinardiere , fi vous me le voulez vendre avec ferment de ne
vous en vanter jamais , & de
m'en laiffer l'honneur tout entier , je vous en donneray volontiers quatre Louis , c'eft trop
ou c'eft trop peu, repliqua le
Prieur , il vaut mieux qu'il ne
vous coute rien. En même
temps il luy montra un gros cahier , dont la Dandinardiere
fut fi charmé , qu'il vouloit
fortir de fon lit pour fe jetter
à fes pieds. Ce qui le raviffoit
davantage, c'étoit le bon marché qu'il luy faifoit d'une chofe qui à fon gré n'avoit point
de prix,

Il faut fçavoir que ce Conte étoit un pur larcin que le

Prieur avoit fait dans la chambre de Mefdemoiſelles de
faint Thomas ; elles ne s'en é-
toient pas même apperçües ;
parce qu'elles écrivoient tant,
que la pluſpart de ces petits
ouvrages étoient négligez a-
vant que d'être finis. Il n'eût
garde de faire cette confiden-
ce à la Dandinardiere, il ne
voulut pas perdre le mérite de
ſa liberalité, & il imagina quelque choſe d'aſſez plaiſant ſur la
conteſtation qui naîtroit entre
le véritable Auteur du Conte
& le Plagiaire, dans l'impatience où il le voyoit d'en entendre la lecture, il ne tarda
pas à le commencer.

BELLE-BELLE
OU
LE CHEVALIER FORTUNÉ

CONTE.

IL étoit une fois un Roy
fort aimable , fort doux,
& fort puissant ; mais
l'Empereur Matapa son voisin',
étoit encore plus puissant que

T iiij

luy. Ils avoient eu de grandes
Guerres l'un contre l'autre ;
dans la derniere, l'Empereur
gagna une Bataille considera-
ble, & aprés avoir tué ou fait
prisonniers, la plufpart des Ca-
pitaines, & des Soldats du Roy,
il vint affieger fa Ville Capitale, & la prit ; de forte qu'il
fe rendit maiftre de tous les
Tréfors qui étoient dedans. Le
Roy eut à peine le loifir de fe
fauver avec la Reine Doüarie-
re fa fœur. Cette Princeffe é-
toit demeurée veuve fort jeune ; elle avoit de l'efprit & de
la beauté, il eft vray qu'elle é-
toit fiere, violente, & d'un
affez difficile accez.

L'Empereur tranfporta toutes
les Pierreries & les meubles
du Roy dans fon Palais : Il
emmena un nombre extraordi-

naire de soldats, de filles, de
chevaux, & de toutes les autres choses qui pouvoient luy
être utiles ou agreables; quand
il eut dépeuplé la plus grande
partie du Royaume, il revint
triomphant dans le sien, où il
fut reçû par l'Imperatrice, &
par la Princesse sa fille avec mille témoignages de joye.

Cependant, le Roy dépoüil-
lé ne souffroit pas sans impatience l'état où il se trouvoit.
Il rassembla quelques troupes
dont il composa une petite armée, & pour la grossir en peu
de temps, il fit publier une Or-
donnance par laquelle il vouloit que tous les Gentilshommes de son Royaume, vinssent
le servir en personne, ou luy
envoyassent un de leurs enfans,
qui fussent bien équipez d'ar-

mes & de chevaux, & difpo-
fez à feconder toutes fes entre-
prifes.

Il y avoit vers la Frontiere, un vieux Seigneur âgé de
quatre-vingt ans tout plein d'efprit & de fageffe : mais fi mal
partagé des biens de la fortune, qu'aprés en avoir poffedé
beaucoup, il fe voyoit réduit
dans une efpece de pauvreté
qu'il auroit foufferte patiemment, fi elle n'avoit pas été
commune avec trois belles filles qui luy reftoient. Elles a-
voient tant de raifon, qu'elles
ne murmuroient point de leurs
difgraces, & fi par hazard elles
en parloient à leur pere, c'é-
toit pluftoft pour le confoler
que pour rien ajouter à fes peines.

Elles paffoient leur vie avec

luy, sans ambition sous un toit
rustique ; lorsque l'Ordonnan-
ce du Roy parvint aux oreilles
du vieillard ; il appella ses filles, & les regardant tristement,
qu'allons nous faire ? leur dit-
il, le Roy ordonne à toutes les
personnes distinguées de son
Royaume, de se rendre auprés
de luy, pour le servir contre
l'Empereur, ou il les condam-
ne à une tres-grosse amende,
si elles y manquent. Je ne suis
point en état de payer la ta-
xe ; voila de terribles extremi-
tez, elles renferment ma mort
ou nostre ruine. Ses trois filles
s'affligerent avec luy : mais elles ne laisserent pas de le prier
de prendre un peu de courage ; parce qu'elles étoient per-
suadées qu'elles pourroient
trouver quelque remede à son
affliction.

En effet le lendemain matin,
l'aînée fut trouver son pere,
qui se promenoit tristement
dans un verger, dont il prenoit
luy même le soin, Seigneur,
luy dit-elle, je viens vous sup-
plier de me permettre de partir pour l'armée ; je suis d'une
taille avantageuse, & assez robu-
ste, je m'habilleray en homme,
& je passeray pour vostre fils,
si je ne fais pas des actions he-
roïques, tout au moins je vous
épargneray le voyage ou la ta-
xe, & c'est beaucoup en l'état
où nous sommes ; le Comte
l'embrassa tendrement, & voulut d'abord s'opposer à un dessein si extraordinaire : mais elle luy dit avec tant de ferme-
té, qu'elle n'envisageoit point
d'autres remedes, qu'enfin il y
consentit.

Il ne fut plus queſtion que
de luy faire des habits convenables au perſonnage qu'elle
alloit joüer. Son pere luy donna des armes, & le meilleur
cheval de quatre qui ſervoient
à labourer ; les adieux & les
regrets furent tendres de part
& dautres , aprés quelques
journées de chemin , elle paſſa
le long d'un Pré bordé de
hayes vives. Elle vit une vieille Bergere bien affligée, qui
tâchoit de retirer un de ſes
moutons d'un foſſé , où il é-
toit tombé ; que faites vous-là,
bonne Bergere ? luy dit-elle,
helas ! repliqua la Bergere ,
j'eſſaye de ſauver mon mouton,
il eſt preſque noyé , & je ſuis
ſi foible , que je n'ay pas la
force de le retirer. Je vous
plains, dit-elle, & ſans luy of-

frir son secours elle s'éloigna;
la Bergere aussi-tost luy cria
adieu belle déguisée. La surprise de nostre Heroïne ne se
peut exprimer, comment, dit-
elle, est-il possible que je sois
si reconnoissable ? cette vieille
Bergere m'a vuë à peine un moment, & elle sçait que je suis
travestie, où veus-je donc aller ?
je seray reconnuë de tout le
monde, & si je le suis du Roy?
quelle sera ma honte & sa colere ? il croira que mon pere
est un lâche, qui n'ose paroître dans les perils ; aprés toutes ses réflections, elle con-
clut qu'il falloit retourner sur
ses pas.

Le Comte & ses filles parloient d'elle, & contoient les
jours de son absence, lorsqu'ils
la virent entrer, elle leur ap-

prit son avanture ; le bonhomme luy dit, qu'il l'avoit bien
prevuë, que si elle avoit voulu
le croire, elle ne seroit point
partie ; parce qu'il est impossible qu'on ne connoisse pas
une fille déguisée. Toute cette petite famille se trouva dans
un nouvel embarras, ne sçachant comment faire ; quand
la seconde fille vint à son tour
trouver le Comte ; ma sœur,
luy dit-elle, n'avoit jamais monté cheval ; il n'est point surpre-
nant qu'on l'ait connuë, à mon
égard si vous me permettez d'aller à sa place, j'ose me promettre que vous en serez content.

Quoyque le vieillard pût
luy dire pour combattre
son dessein, il n'en put venir
à bout. Il fallut qu'il consen-
tît à la voir partir ; elle prit

un autre habit, d'autres armes,
& un autre cheval : ainſi équi-
pée, elle embraſſa mille fois
ſon pere & ſes ſœurs, reſoluë
de bien ſervir le Roy : mais en
paſſant par le même Pré où ſa
ſœur avoit vû la Bergere & le
mouton : elle le trouva au fond
du foſſé, & la Bergere occupée à le retirer, malheureuſe
s'écrioit-elle, la moitié de mon
troupeau eſt peri de cette maniere, ſi quelqu'un m'aidoit,
je pourrois ſauver ce pauv ani-
nimal : mais tout le monde me
fuit. Hé quoy ! Bergere, avez
vous ſi peu de ſoin de vos
moutons que vous les laiſſiez
tomber dans l'eau, & ſans luy
donner d'autre conſolation, elle picqua ſon cheval.

La vieille luy cria de toute ſa
force, adieu belle déguiſée, ce
peu

peu de mots n'affligea pas mediocrement noftre Amazone; quelle fatalité, dit-elle, me voila auffi reconnuë, ce qui eft arrivée à ma fœur m'arrive, je ne fuis pas plus heureufe qu'elle, & fe feroit une chofe ridicule que j'allaffe à l'armée avec un air fi effeminé, que tout le monde me reconnût. Elle retourna fur le champ à la maifon de fon pere fort trifte du mauvais fuccez de fon voyage.

Il la reçût tendrement, & la loüa d'avoir eû la prudence de revenir : mais cela n'empêcha pas que le chagrin ne recommençât avec d'autant plus de force, qu'il en couftoit déja l'étoffe de deux habits inutiles, & plufieurs autres petites chofes. Le bon vieillard fe défoloit en fecret ; parce

qu'il ne vouloit pas montrer
toute fa douleur à fes filles.

Enfin fa cadette vint le prier
avec les dernieres inftances de
luy accorder la même grace
qu'il avoit faite à fes fœurs,
peut eftre, dit-elle, que c'eft
une préfomption d'efperer réüffir mieux qu'elles, mais cependant je ne laifferay pas de
tenter l'avanture ; ma taille eft
plus haute que la leur, vous
fçavez que je vais tous les jours
à la chaffe, cet exercice ne
laiffe pas de donner quelque
talent pour la Guerre, & le de-
fir extrême que j'ay de vous
foulager dans vos peines m'inf-
pire un courage extraordinaire. Le Comte l'aimoit beaucoup plus que fes deux autres
fœurs ; elle avoit tant de foin
de luy, qu'il la regardoit com-

me son unique consolation ; elle lisoit des Histoires agreables pour le divertir, elle le
veilloit dans ses maladies, &
tout le gibier qu'elle tuoit,
n'étoit que pour luy ; de sorte
qu'il employa des raisons pour
la détourner de ce dessein encore plus fortes que celles dont
il s'étoit servy à l'égard de ses
sœurs ; voulez vous me quitter
ma chere fille, luy disoit-il,
vostre absence me causera la
mort, quand il seroit vray que
la fortune favoriseroit vostre
voyage, & que vous revien-
driez couverte de lauriers, je
n'aurois pas le plaisir d'en être
témoin, mon âge avancé &
vostre absence termineront ma
vie. Non, mon pere, luy disoit, Belle-Belle, (c'est ainsi
qu'il l'avoit nommée) ne c oyez

pas que je tarde long-temps,
il faudra bien que la Guerre
finiſſe, & ſi je voyois quelque
autre moyen de ſatisfaire aux
Ordres du Roy, je ne les ne-
gligerois pas ; car j'oſe vous
dire que ſi mon éloignement
vous cauſe de la peine, il m'en
fait encore plus qu'à vous. Il
conſentit enfin à ce qu'elle deſiroit. Elle ſe fit faire un habit tres-ſimple, ceux de ſes
ſœurs avoient trop couté, &
les Finances du pauvre Comte n'y pouvoient ſuffire; elle fut
obligée de prendre un fort méchant cheval, parce que ſes
ſœurs avoient preſque eſtropié
les deux autres : mais tout cela ne la découragea point. Elle embraſſa ſon pere, reçût reſ-
pectueuſement ſa benediction,
& aprés avoir mêlé ſes larmes

à celles du bonhomme & de ses sœurs, elle partit.

En passant par le Pré dont j'ay déja parlé, elle trouva la vieille Bergere qui n'avoit point encore retiré son mouton, ou qui vouloit en retirer un autre du milieu d'un fossé profond; que faites vous là Bergere? dit Belle-Belle en s'arrestant, je ne fais plus rien, Seigneur, répondit la Bergere, depuis qu'il est jour je suis occupée aprés ce mouton. Mes peines ont été inutiles, je suis si lasse que je ne puis respirer ; il n'y a guere de jour qu'il ne m'arrive quelque nouveau malheur, & je ne trouve personne qui y prenne part.

Certainement je vous plains, dit Belle-Belle, mais pour vous marquer ma pitié, je veux vous

aider. Elle décendit aussi-tost
de cheval, il étoit si docile
qu'elle ne prit pas la peine de
l'attacher pour l'empêcher de
s'enfuir. Et sautant legerement.
par dessus la haye, aprés avoir
essuyé quelques égratignures
elle se jetta dans le fossé. Elle se tourmenta tant qu'elle
retira le bien aimé mouton, ne
pleurez plus ma bonne mere,
dit-elle à la Bergere, voila vôtre mouton, & pour avoir été
si long-temps dans l'eau je le
trouve encore bien gay.

Vous n'avez pas obligé une
ingrate, dit la Bergere, je vous
connois, charmante Belle-Belle., je sçay où vous allez & tous
vos desseins, vos sœurs ont passé par ce Pré, je les connois-
sois bien aussi, & je n'ignore
pas ce qu'elles avoient dans

l'efprit : mais elles m'ont paru
fi dures, & leur procedé avec
moy a été fi peu gracieux, que
j'ay trouvé le moyen d'interrompre leur voyage, la chofe
eft fort differente à voftre é-
gard, vous l'éprouverez Belle-
Belle ; car je fuis Fée, & mon
inclination me porte à combler
de biens ceux qui le meritent.
Vous avez là un cheval dont la
maigreur effraye ; je veux vous
en donner un. Auffi-toft elle
toucha la terre de fa houlette,
& fur le champ Belle-Belle entendit hannir derriere un buif-
fon, elle regarda promptement,
elle apperçut le plus beau
cheval du monde, il fe mit à
courir & à fauter dans le Pré.
Belle-Belle qui aimoit les chevaux, étoit ravie d'en voir un
fi parfait, lorfque la Fée ap-

la ce beau courcier, le touchant
de sa houlette, elle dit fidele Camarade, sois mieux har-
naché, que le meilleur cheval
de l'Empereur Matapa. Sur le
champ Camarade eut une houf-
fe de velours vert en broderie
de Diamans & de Rubis, une felle de même, & une bride toute de Perles, avec les boffet-
tes & le mors d'or ; enfin l'on
ne pouvoit rien trouver de plus
magnifique.

Ce que vous voyez, dit la
Fée, eft la moindre chofe que
l'on doive admirer dans ce cheval. Il a bien d'autres talens,
dont je veux vous parler. Pre-
mierement il ne mange qu'une
fois en huit jours, il ne faut
point prendre la peine de le
penfer, il fçait le paffé, le prefent, & l'avenir, il eft à mon
service

ſervice depuis long-temps, je
l'ay façonné comme pour moy.

Lorſque vous ſouhaiterez ê-
tre informée de quelque affaire, ou que vous aurez beſoin
de conſeil, il ne faut que vous
adreſſer à luy, il vous donne-
ra de ſi bons avis, que les Souverains ſeroient bien heureux
d'avoir des Conſeillers qui luy
reſſemblaſſent ; il faut donc
que vous le regardiez pluſtoſt
comme voſtre amy que comme
voſtre cheval. Au reſte voſtre
habit n'eſt point à mon gré, je
veux vous en donner un qui
vous ſiera fort bien ; elle
frappa la terre de ſa houlette,
il en ſortit un grand coffre
couvert de marroquin de Levant, clouté d'or, les chiffres
de Belle-Belle étoient deſſus,
la Fée chercha parmy les her-

bes une clef d'or faite en Angleterre, elle en ouvrit le coffre ; il étoit doublé de peau
d'Espagne toute en broderie,
il y avoit dedans douze habits,
douze cravates, douze épées,
douze plumets, & ainsi de tout
par douzaine, les habits étoient
si couverts de broderie & de
Diamans, que Belle-Belle avoit
de la peine à les soulever ; choi-
sissez celuy qui vous plaist davantage , luy dit la Fée , &
pour les autres ils vous suivront
par tout, vous n'aurez qu'à
frapper du pied, en disant coffre de marroquin viens à moy
plein d'habits, coffre de marroquin viens à moy plein de
linge & de dentelles , coffre
de marroquin viens à moy plein
de pierreries & d'argent ; aussi-
tost vous le verrez ou dans la

campagne , ou dans voſtre
chambre. Il faut auſſi que
vous choiſiſſiez un nom ; car
Belle-Belle ne convient pas au
métier que vous allez faire ; il
me ſemble que vous pouvez
vous appeller le Chevalier Fortuné. Mais il eſt bien juſte encore que vous me connoiſſiez, je
vais prendre ma figure ordinaire
devant vous. En même temps
elle laiſſa tomber ſa vieille peau & parut ſi merveilleuſe, qu'elle éblouït les yeux
de Belle - Belle. Son habit
étoit de velours bleu, doublé d'hermine , ſes cheveux
nattez avec des Perles, & ſur
ſa teſte une ſuperbe couronne.

Belle-Belle tranſportée d'admiration ſe jetta à ſes pieds,
& s'y proſterna avec un reſpect
X ij

& une reconnoiſſance inexprimable; la Fée la releva & l'embraſſa tendrement, elle luy dit
de prendre un habit de bro-
card or & verd : elle obéït à
ſes ordres, & montant à cheval, elle continua ſon voyage
ſi pénetrée de toutes les choſes
extraordinaires qui venoient de
ſe paſſer, qu'elle ne penſoit
plus qu'à cela.

En effet, elle ſe demandoit
à elle même par quel bon-
heur ineſperé elle avoit pu
s'attirer la bien-veillance d'une
Fée ſi puiſſante ; car enfin, di-
ſoir-elle, je ne luy étois pas
neceſſaire pour retirer ſon mouton, puiſqu'un ſeul coup de ſa
baguette pouroit faire revenir
un troupeau tout entier des
Antipodes, ſi il y étoit tombé.
J'ay été bien heureuſe de me

trouver si disposée à l'obliger, ce rien que j'ay fait pour elle est cause de tout ce qu'elle a fait pour moy ; elle a connu mon cœur, & mes sentimens luy ont été agreables : ha ! si mon pere me voyoit à present si magnifique, & si riche, quelle joye pour luy : mais tout au moins j'auray le plaisir de partager avec ma famille les biens qu'elle m'a faits.

En achevant ces diverses réflexions, elle arriva dans une belle Ville fort peuplée, elle s'attira les yeux de tout le monde, on la suivoit, on l'entouroit, & chacun disoit, c'est-il jamais vû un Chevalier plus beau, mieux fait, & plus richement habillé, qu'il a de grace à manier ce superbe cheval !

On luy faifoit de profondes révérences, il les rendoit d'un air honnefte & civil. Lorfqu'il voulut entrer dans l'Hôtellerie le Gouverneur qui fe prome- noit, & qui l'avoit admiré en paffant, envoya un Gentil- homme luy dire, qu'il le prioit de venit à fon Chafteau. Le Chevalier Fortuné ; car il faut enfin l'appeller ainfi, repliqua que n'ayant point l'honneur de luy être connû, il ne vouloit pas prendre cette liberté, qu'il iroit le voir, & qu'il le fup- plioit de luy donner un de fes gens, auquel il put confier quelque chofe de conféquen- ce, pour porter à fon pere. Le Gouverneur luy envoya auffi- toft un homme tres-fidele, & Fortuné l'engagea de revenir le foir : parce que fes dépê-

ches n'étoient pas encore com-
mencées.

Il s'enferma dans fa chambre, puis frappant du pied, il
dit coffre de marroquin viens
à moy plein de Diamans, & de
piftolles, auffi-toft le coffre parut : mais il n'y avoit point de
clef, & où la trouver? quel
dommage de rompre une fer-
rure toute d'or, émaillée de
plufieurs couleurs; de plus que
n'auroit-il pas eu à craindre
de l'indifcretion d'un Serrurier?
à peine auroit-il parlé des Tréfors du Chevalier, que les voleurs fe feroient affemblez pour
le voler, & peut-être qu'ils
l'auroient tué.

Le voila donc à chercher la
clef d'or par tout, & plus il la
cherchoit moins il la trouvoit,
quelle défolation, s'écrioit-il,

X iiij

je ne pourray me prévaloir des
bontez de la Fée, ny faire part
à mon pere du bien qu'elle
m'a fait. En rêvant ainſi, il
penſa que ſe meilleur party à
prendre , c'étoit de conſulter
ſon Cheval, il deſcendit dans
l'écurie, & luy dit tout bas, je
te prie mon Camarade apprends
moy où je pourray trouver la
clef du coffre de marroquin ?
dans mon oreille, répondit-il,
Fortuné regarda dans l'oreille
de ſon Cheval, il appetçut un
ruban vert , il le tire , & voit
la clef qu'il ſouhaitoit tant d'a-
voir : il ouvrit le coffre de
marroquin , où il y avoit plus
de Diamans & de piſtolles ,
qu'il n'en pourroit dans un
muid : le Chevalier en emplit
trois caſſettes , une pour ſon pere , & les deux autres pour ſes

sœurs ; il en chargea l'homme
que le Gouverneur luy avoit
envoyé, & le pria de ne s'arrester ny jour ny nuit, jusqu'à
ce qu'il fût arrivé chez le Comte.

Ce Messager fit la derniere
diligence, & quand il dit au
bon vieillard qu'il venoit de
la part de son Fils le Chevalier, & qu'il luy apportoit une
cassette bien lourde, il demeura surpris de ce qui pouvoit
être dedans. Car il étoit party avec si peu d'argent qu'il
ne le croyoit pas en état d'a-
cheter quelque chose, ny même de payer le voyage de celuy qu'il avoit chargé de son
present : il ouvrit d'abord sa
lettre, & lorsqu'il vit ce que
sa chere Fille luy mandoit, il
pensa expirer de joye; la vûë

des pierreries & de l'or luy con-
firma la verité de ſes paroles;
ce qu'il y eut d'extraordinaire,
c'eſt que les deux ſœurs de
Belle - Belle ayant ouvert leurs
boëttes ne trouverent que des
verrines au lieu de Diamans &
des piſtolles fauſſes, la Fée
ne voulant pas qu'elles ſe reſ-
ſentiſſent de ſes biens faits; de
ſorte qu'elles s'imaginerent que
leur ſœur avoit voulu ſe moc-
quer d'elles, & elles en con-
çurent un dépit inexprimable:
mais le Comte les voyant ſi
fâchées, leur donna la plus
grande partie des bijoux qu'il
venoit de recevoir, & ſi-toſt
qu'elles les toucherent, elles
changerent comme les autres,
elles jugerent par là qu'un pouvoir inconnu agiſſoit contre-el-
les, & prierent leur pere de

garder ce qui reſtoit pour luy ſeul.

Le beau Fortuné n'attendit pas le retour de ſon Meſſager il partit, ſon voyage étoit trop preſſé, il falloit ſe rendre aux Ordres du Roy. Il fut chez le Gouverneur, toute la Ville s'y aſſembla pour le voir, ſa perſonne & toutes ſes actions avoient un air ſi honneſte, qu'on ne pouvoit s'empêcher de l'admirer & de le cherir; il ne diſoit rien qui ne fit plaiſir à entendre, & la foulle étoit ſi grande autour de luy, qu'il ne ſçavoit à quoy attribuer une choſe ſi extraordinaire; car ayant toujours été à la campagne, il avoit vû tres-peu de monde.

Il continua ſon chemin ſur ſon excellent Cheval, qui l'entretenoit agréablement de mille nouvelles, ou de ce qu'il y avoit de plus remarquable dans les Histoires anciennes & modernes. Mon cher Maistre, disoit-il, je suis ravy d'être à vous, je connois que vous avez beaucoup de franchise & d'honneur, je suis rebuté de certaines gens, avec lesquels j'ay vécu long-temps, & qui me faisoient haïr la vie, tant leur société m'étoit insuportable; il y avoit entr'autres un homme qui me faisoit mille amitiez, qui m'élevoit au dessus de Pegase, & de Bucephale, lorsqu'il parloit devant moy: mais aussi-tost qu'il ne me voyoit plus il me traitoit de rosse & de masette, & il affectoit de me loüer sur mes deffauts pour me donner lieu d'en contracter de plus grands. Il est vray qu'étant un jour fatigué de ses caresses qui étoient à proprement parler des trahisons, je luy donnay un si terrible coup de pied, que j'eûs le plaisir de luy casser presque toutes les dents, & je ne le vois jamais depuis que je ne luy dise avec beaucoup de sincerité, il n'est pas juste qu'une bouche qui s'ouvre si souvent pour déchirer ceux qui ne vous font aucun chagrin, soit aussi-agreable que celle d'un autre ; ho, ho ! s'é-cria le Chevalier, tu es bien vif, ne craignois-tu point que cet homme en colere ne te passât son épée au travers du corps ; il n'importe pas, Seigneur, reprit Camarade, & puis j'aurois sçû son dessein, dés qu'il l'auroit formé,

Ils parloient ainſi, lorſqu'ils arriverent dans une vaſte Foreſt, Camarade dit au Chevalier, mon Maiſtre, il y a icy un homme qui nous peut être d'une grande utilité, c'eſt un Bucheron, il a été doüé ; qu'entend tu par ce terme, interrompit Fortuné, doüé veut dire qu'il a reçeû un ou pluſieurs dóns des Fées, ajouta le cheval, il faut que vous l'engagiez de venir avec vous. En même temps il fut dans l'endroit, où le Bucheron travailloit ; le jeune Chevalier s'approcha d'un air doux & inſinuant, & luy fit pluſieurs queſtions ſur le lieu où ils étoient, s'il y avoit des beſtes ſauvages dans la Foreſt, & s'il étoit permis de chaſſer. Le Bucheron répondit à tout en homme ·de bon

fens ; Fortuné luy demanda encore, où étoit allé ceux qui
luy avoient aidé à jetter tant
d'arbres par terre. Le Bucheron dit, qu'il les avoit abba-
tus tout feul, que c'étoit l'ouvrage de quelques heures, &
qu'il falloit, qu'il en abbatit
bien d'autres pour fe charger
un peu, quoy vous prétendez
emporter aujourd'huy tout ce
bois, dit le Chevalier, ô Seigneur, repliqua Forte échine,
(c'eft ainfi qu'on le nommoit)
je ne fuis pas d'une force ordinaire ; vous gagnez donc
beaucoup ? dit Fortuné, tres-
peu, répondit le Bucheron ; car
l'on eft pauvre dans ce lieu. Icy
chacun fait fon ouvrage, fans
prier fon voifin de la faire: Puif-
que vous êtes dans un Païs fi peu
opulent, ajouta le Chevalier,

il ne tiendra qu'à vous de paffer ailleurs ; venez avec moy ,
rien ne vous manquera,& quand
vous voudrez revenir , je vous
donneray de l'argent pour vôtre voyage. Le Bucheron crut
ne pouvoir mieux faire, il a-
bandonna fa coignée & fuivit
fon nouveau Maiftre.

Dés qu'il eût traverfé la Foreft, il vit un homme dans la
plaine, qui tenoit des rubans
avec lefquels il s'attachoit les
jambes , laiffant fi peu d'efpa-
ce, qu'il y en avoit à peine
pour marcher. Camarade s'ar-
réta , & dit à fon Maiftre ,
Seigneur, voicy encore un doüé,
vous en aurez befoin, il faut
l'emmener ; Fortuné s'approcha, & avec fa grace naturelle, il luy demanda pourquoy il
attachoit ainfi fes jambes ; c'eft,
répondit-

répondit-il, que je me prépare pour la chasse, comment, dit le Chevalier en souriant, prétendez vous mieux courir quand vous estes ainsi garotté? Non Seigneur, reprit-il, je suis persuadé que ma course sera moins rapide : mais c'est aussi mon dessein ; car il n'y a point de Cerf, de Chevreuil, ny de Lievres, que je ne devance de beaucoup, quand mes jambes sont libres ; de sorte que les laissant toujours derriere moy, ils m'échappent, & je n'ay presque jamais le plaisir d'en prendre. Vous me paroissez un homme rare, dit Fortuné, comment vous appellez-vous ? L'on m'a nommé Leger, dit le Chasseur, & je suis assez connu dans cette Contrée : si vous en vouliez voir un autre,

ajouta le Chevalier , je ferois
tres-aife que vous vinffiez avec
moy, vous n'auriez pas tant de
peine, & je vous traiterois fort
bien. Leger étoit médiocre-
ment heureux, il accepta volontiers le party qui luy étoit
propofé ; ainfi Fortuné fuivi
de fon nouveau domeftique continua fon voyage.

Il trouva le lendemain un
homme fur le bord d'un Marais , qui fe bandoit les yeux ;
le cheval dit à fon Maiftre,
Seigneur , je vous confeille de
prendre encore cet homme à
voftre fervice, Fortuné luy demanda auffi-toft par quelle raifon il fe bandoit les yeux ?
c'eft dit-il , que je vois trop
clair , j'apperçois le gibier à
plus de quatre lieuës de moy,
& je ne tire aucun coup, fans

en tuer plus que je n'en veux ;
dresse, je suis donc obligé de
me bander les yeux, & bien
que je ne fasse qu'entre-voir,
je dépeuple un Pays de perdreaux & d'autres petits pieds,
en moins de deux heures.

Vous êtes bien adroit, repartit
Fortuné, l'on m'appelle aussi le
bon Tireur, dit cet homme,
& je ne quitterois pas cette oc-
cupation pour aucunes choses
du monde, j'ay pourtant grande envie de vous proposer celle de voyager avec moy, dit
le Chevalier, cela ne vous em-
peschera pas d'exercer vostre
talent. Le bon Tireur en fit
quelque difficulté, & le Chevalier eut plus de peine à le
gagner que les autres ; car ils
sont ordinairement assez amis

de la liberté, cependant il en
vint about, & s'éloigna ensuite
du Marais où il s'étoit arrê-
té.

A quelques journées de-là :
il paſſa le long d'un Pré, il apperçut un homme dedans qui
étoit couché ſur le coſté, Camarade luy dit, mon Maiſtre,
cet homme eſt doüé, je pré-
vois qu'il vous eſt tres - neceſſaire. Fortuné entra dans le
Pré, & le pria de luy dire ce
qu'il y faiſoit, j'ay beſoin de
quelques ſimples, répondit il,
& j'écoute l'herbe qui va ſortir pour voir s'il n'y en aura
point de celles qu'il me faut,
quoy dit le Chevalier, vous a-
vez l'oüye aſſez ſubtile pour entendre l'herbe ſous la terre, &
pour deviner celle qui va paroiſtre. C'eſt par cette raiſon,

dit l'écouteur, que l'on m'appelle Fine oreille. Hé bien Fine oreille, continua Fortuné, seriez vous d'humeur à me suivre, je vous donnerois d'assez gros gages, pour que vous eussiez lieu d'en être content; cet homme charmé d'une si agreable proposition, n'hesita point à se mettre au nombre des autres.

Le Chevalier continuant sa route, vit proche du grand chemin un homme, dont les joües enflées faisoient un assez plaisant effet; il étoit debout, tourné vers une haute montagne, éloignée de plus de deux lieües, sur laquelle il y avoit cinquante ou soixante moulins à vent; le Cheval dit à son Maistre, voicy un de nos doüez, gardez-vous de manquer l'oc-

casion de l'emmener avec vous.
Fortuné qui sçavoit tout engager, dés qu'il paroissoit, ou
qu'il parloit, aborde cet homme, & luy demande ce qu'il
faisoit là ? Je souffle un peu,
Seigneur, luy dit-il ? pour faire moudre tous ces moulins ; Il
me semble que vous êtes bien
éloigné, reprit le Chevalier,
au contraire, repliqua le Souf-
fleur, je trouve que je suis trop
prés, & si je ne retenois la
moitié de mon haleine, j'aurois déja renversé les moulins,
& peut-être la montagne où ils
sont ; je cause de cette maniere mille maux sans le vouloir,
& je vous diray, Seigneur, qu'é-
tant fort amoureux, & fort
mal traité de ma Maîtresse,
comme j'allois soupirer dans les
bois, mes soupirs déracinoient

les arbres & faifoient un défor-
dre étrange ; de maniere que
l'on ne m'appella plus dans ce
Canton que l'Impetueux , fi
quelqu'un a de la peine de vous
voir, dit Fortuné, & que vous
vouliez venir avec moy , voicy
des gens qui vous tiendront
compagnie, ils ont auffi des ta-
lents extraordinaires, j'ay une
curiofité fi naturelle pour toutes les chofes qui ne font pas
communes, repliqua l'Impetueux, que j'accepte voftre propofition.

Fortuné tres - content s'éloigna de ce lieu, & dés qu'il
eut traverfé un Pays affez couvert, il vit un grand Etang,
où plufieurs fources tomboient,
Il y avoit au bord un homme
qui le regardoit attentivement,
Seigneur, dit Camarade à fon

Maiftre, voicy un homme qui manque à voſtre équipage, ſi vous pouvez l'engager de vous ſuivre, cela ne ſera point mal; le Chevalier s'approcha auſſi-toſt de luy, voulez vous bien m'apprendre, luy dit-il, ce que vous faites-là ? Seigneur, répondit cet homme, vous l'allez voir. Dés que cet Etang ſera plein, je le boiray d'un trait; car j'ay encore ſoif, bien que je l'aye déja vuidé deux fois; en effet il ſe baiſſa, & ne laiſſa pas dequoy regaler le plus petit poiſſon. Fortuné ne demeura pas moins ſurpris que toute ſa troupe, hé quoy, dit-il, êtes vous toujours auſſi altéré ? non, dit le Buveur d'eau, je bois ſeulement de cette maniere, quand j'ay mangé trop ſalé, ou qu'il s'agit de quelque gageure, je ſuis
connu

connu depuis ce temps-là par
le nom de Trinquet, qu'on me
donne : Venez avec moy Trinquet, dit le Chevalier, je vous
feray trinquer du vin qui vous
semblera meilleur que l'eau
d'un Etang. Cette promesse
plut beaucoup à celuy à qui
elle estoit faite, & sur le champ
il se mit à marcher avec les
autres.

Le Chevalier voyoit déja le
lieu du rendez-vous où tous les
Sujets du Roy devoient s'af-
sembler, lors qu'il apperçut
un homme qui mangeoit si
avidement, qu'encore qu'il eût
plus de soixante mille pains
de Gonesse devant luy, il paroissoit resolu de n'en pas laif-
ser un seul petit morceau. Camarade dit à son Maistre : Seigneur, il ne vous manque plus

que cet homme icy , de grace obligez-le de venir avec
vous. Le Chevalier l'aborda,
& luy dit en souriant : Avez-
vous resolu de manger tout ce
pain à vôtre déjeuner ? oüi , repliqua-t'il „ tout mon regret
c'est qu'il y en ait si peu ;
mais les Boulangers · sont de
francs paresseux , qui se met-
tent peu en peine que l'on ait
faim ou non : S'il vous en faut
tous les jours autant , ajouta
Fortuné , il n'y a guere de païs
que vous ne soyez en estat d'af-
famer. O Seigneur ! repartit
Grugeon , c'est ainsi qu'on l'appelloit , je serois bien fâché
d'avoir tant d'appétit , ny mon
bien ny celuy de mes voisins n'y
suffiroit pas. Il est vray que de
temps en temps, je suis bien aise
de me regaler de cette manie-

re : mon amy Grugeon, dit Fortuné, attachez-vous à moy, je
vous feray faire bonne chere,
& vous ne ferez pas mécon-
tent de m'avoir choifi pour
maiftre.

Camarade qui ne manquoit
ny d'efprit ny de prévoyance,
avertit le Chevalier qu'il eftoit
bon de deffendre à tous fes
gens de fe vanter des dons extraordinaires qu'ils avoient. Il
ne différa point de les appeller,
& leur dit : Ecoutez, Fort-é-
chine, Leger, le Bon-tireur,
Fine-oreille, Impetueux, Trinquet & Grugeon; je vous aver-
tis que fi vous me voulez plaire, vous gardiez un fecret inviolable fur les talens que vous
avez, & je vous affure que j'auray tant de foin de vous rendre
heureux, que vous ferez con-

tens. Chacun luy promit avec
ferment, d'eftre fidele à fes ordres : & peu aprés le Chevalier
plus paré de fa beauté & de fa
bonne mine que de fon magnifique habit , entra dans la Ville Capitale, monté fur fon excellent Cheval , & fuivy des
gens du monde les mieux faits.
Il ne tarda pas à leur faire faire des habits de livrées tous
chamarez d'Or & d'Argent , il
leur donna des Chevaux , &
s'eftant logé dans la meilleure
Auberge , il attendit le jour
marqué pour paroiftre à la re-
vûë ; mais l'on ne parloit plus
que de luy dans la Ville, & le
Roy prévenu de fa reputation,
avoit fort envie de le voir.

Toutes les Troupes s'affem-
blerent dans une grande plaine , le Roy y vint avec la Reine

Doüairiere fa fœur & toute
leur Cour ; elle ne laiſſoit pas
d'eſtre encore pompeuſe, malgré les malheurs qui eſtoient
arrivez à l'Eſtat , & Fortuné
fut ébloüy de tant de richeſ-
ſes ; mais ſi elles attirerent ſes
regards , ſon incomparable
beauté n'attira pas moins ceux
de cette celebre troupe ; chacun demandoit qui eſtoit ce
jeune Cavalier, ſi bien fait &
de ſi bon air ; & le Roy paſſant
proche du lieu où il eſtoit, luy
fit ſigne de s'approcher.

Fortuné auſſi-tôt deſcendit
de cheval pour faire une profonde reverence au Roy. Il ne
put s'empêcher de rougir,
voyant avec quelle attention il
le regardoit , cette nouvelle couleur, releva encore l'é-
clat de ſon teint : Je ſuis bien-

aise, luy dit le Roy, d'apprendre par-vous-même qui vous
estes, & vôtre nom ? Sire, repliqua-t'il, je m'appelle Fortuné, sans avoir eu jusqu'à present aucunes raisons de porter
ce nom ; car mon pere qui est
Comte de la Frontiere, passe
sa vie dans une grande pauvreté, quoy qu'il soit né avec autant de bien que de naissance.
La Fortune qui vous a servy
de Mareine, répondit le Roy,
n'a pas mal fait pour vos inte-
rests, de vous amener icy, je
me sens une affection particu-
liere pour vous, & je me sou-
viens, que vôtre pere a rendu
au mien de grands services, je
veux les reconnoître en vôtre
personne : C'est une chose juste, ajoûta la Reine Doüairiere, qui n'avoit point encore

parlé : & comme je fuis vôtre
aifnée , mon frere , & que
je fçay plus particulierement
que vous tout ce que le
Comte de la Frontiere a fait
pendant plufieurs années pour
le fervice de l'Etat , je vous
prie de vous repofer fur moy
du foin de recompenfer ce
jeune Chevalier.

Fortuné ravy de l'accüeil
qu'on luy faifoit , ne pouvoit
affez remercier le Roy & la
Reine ; il n'ofoit cependant
s'étendre beaucoup fur les fentimens de fa reconnoiffance,
croyant qu'il eftoit plus refpectueux de fe taire , que de parler trop. Le peu qu'il dit parut
fi jufte & fi à propos , que chacun l'applaudit ; enfuite il remonta à cheval & fe mefla parmy les Seigneurs qui accompa-

gnoient le Roy ; mais la Reine
l'appelloit à tous momens pour
luy faire mille questions, & se
tournant vers Floride qui estoit
sa plus chere confidente : Que
te semble de ce Cavalier, luy
disoit-elle assez bas, se peut-il
un air plus noble & des traits
plus reguliers ? Je t'avouë que
je n'ay jamais rien vû de plus
aimable. Floride n'avoit pas
de peine à convenir de ce que
disoit la Reine, & elle y ajoûtoit de grandes loüanges ; car le
Cavalier ne luy sembloit pas
moins aimable qu'à sa maîtresse.

Fortuné ne pouvoit s'empêcher de jetter les yeux de temps
en temps sur le Roy ; c'estoit le
Prince du monde le mieux fait,
toutes ses manieres estoient
prévenantes, & Belle Belle qui

n'avoit point renoncé à fon fe-
xe en prenant un habit qui le
cachoit, reffentoit un veritab-
ble attachement pour luy.

Le Roy luy dit aprés la re-
vûë, qu'il craignoit que la
guerre ne fût fanglante, & qu'il
avoit refolu de l'attacher à fa
perfonne. La Reine Doüairiere qui eftoit prefente, s'écria
qu'elle avoit eu la mefme penfée, qu'il ne falloit point l'ex-
pofer au peril d'une longue
Campagne, que la Charge de
premier Maître d'Hôtel eftoit
vacante dans fa maifon, qu'elle
la luy donnoit : Non, dit le Roy,
j'en veux faire mon Grand E-
cuyer. Ils fe difputoient ainfi
l'un à l'autre le plaifir d'avancer Fortuné, & la Reine craignant de faire connoître les fe-
crets mouvemens qui fe paf-

foient déja dans fon cœur, ce-
da au Roy la fatisfaction d'a-
voir le Chevalier.

Il n'y avoit guere de jours
où il n'appellât fon coffre de
Marroquin, & ne prît dedans
un habit neuf. Il eftoit affure-
ment plus magnifique qu'aucuns
Princes qui fuffent à la Cour,
de forte que la Reine luy demandoit quelquefois, par quel
moyen fon pere fourniffoit à
une fi grande dépenfe ; d'autres
fois encore elle luy en faifoit
la guerre : Avoüez la verité, difoit-elle, vous avez une Maîtreffe, c'eft elle qui vous envoye
toutes les belles chofes que
nous voyons. Fortuné rougif-
foit & répondoit refpectueufe-
ment aux differentes queftions
que luy faifoit la Reine.

D'ailleurs il s'acquittoit de

fa Charge admirablement bien, fon·cœur fenfible au merite du Roy, l'attachoit plus à fa Per- fonne qu'il n'auroit voulu : Quelle eft ma deftinée, difoit- il, j'ayme un grand Roy fans pouvoir jamais efperer qu'il m'aime, ny qu'il me tienne compte de ce que je fouffre. Le Roy de fon côte le combloit de faveur, il ne trouvoit rien de bien fait que ce que faifoit le beau Chevalier, & la Reine déçuë par fon habit, penfoit ferieufement au moyen de con- tracter avec luy un mariage fe- cret; l'inégalité de leur naiffan- ce eftoit l'unique chofe qui luy faifoit de la peine.

Elle n'eftoit pas la feule qui reffentoit de l'inclination pour Fortuné, les plus belles perfon- nes de la Cour en prirent mal-

gré elles. Il eſtoit accablé de
Billets tendres, de rendez-vous,
de preſens & de mille galanteries, auſquelles il répondoit
avec tant de nonchalance, que
l on ne douta point qu'il n'euſt
une Maîtreſſe dans ſon païs:
ce n'eſt pas que lors qu'il eſtoit
dans quelque Feſte, il n'y vou-
luſt paroiſtre avantageuſement,
il remportoit le prix aux Tour-
nois, il tuoit à la chaſſe plus de
gibier que tous les autres, il
danſoit au Bal avec plus de grace & de propreté qu'aucun
Courtiſan ; enfin c'eſtoit un
charme que de le voir & de l'entendre.

La Reine auroit bien voulu
s'épargner la honte de luy déclarer ſes ſentimens, elle chargea Floride de le faire apper-
cevoir que tant de marques de

bonté de la part d'une Reine
jeune & belle, ne devoient pas
luy eftre indifferentes. Floride
fe trouva fort embarraffée de
cette commiffion, elle n'avoit
pû éviter le fort de la plûpart
de celles qui avoient vû le
Chevalier, il luy paroiffoit trop
aimable pour fonger aux interefts de fa Maîtreffe préferablement aux fiens; de forte que
toutes les fois que la Reine luy
fourniffoit l'occafion de l'entretenir, au lieu de luy parler
de la beauté & des grandes
qualitez de cette Princeffe, elle ne luy parloit que de fa mauvaife humeur, que de ce que
fes femmes fouffroient auprés
d'elle, que des injuftices qu'elle rendoit, & du mauvais ufa-
ge qu'elle faifoit du fuprême
pouvoir qu'elle avoit ufurpé

dans le Royaume ; enſuite faiſant une comparaiſon de ſentimens : Je ne ſuis pas née Reine, diſoit-elle, mais en verité
je devrois l'eſtre, j'ay un fond
de generoſité, qui me porte à
faire du bien à tout le monde:
ha ! ſi j'eſtois dans cet auguſte
rang, continuoit-elle, que le
beau Fortuné ſeroit heureux ;
il m'aimeroit par reconnoiſſance, s'il ne m'aimoit pas par inclination.

Le jeune Chevalier tout é-
perdu de ces diſcours ne ſçavoit
que répondre, cela eſtoit cauſe qu'il évitoit ſoigneuſement
d'avoir des tête-à-tête avec
elle, & la Reine impatiente, ne
manquoit pas de demander à
Floride, comme elle gouver-
noit l'eſprit de Fortuné : il eſt
ſi peu prévenu en ſa faveur, luy

difoit-elle , Madame , & il a
tant de timidité qu'il ne veut
rien croire de tout ce que je luy
dis de favorable de vôtre part ,
ou il feint de ne le pas croire ,
parce qu'il a quelque paſſion
qui l'occupe : Je le croy comme
toy , diſoit la Reine alarmée ;
mais feroit-il poſſible qu'il ne
fift pas ceder tout à ſon ambition ? Et ſeroit-il poſſible , Madame , repliquoit Floride , que
vous vouluſſiez devoir ſon cœur
à vôtre Couronne ? Quand on
eſt comme vous , jeune & belle,
le , que l'on a mille rares qualitez , faut- il avoir recours à
l'éclat du Diadême ? L'on a recours à tout , s'écria la Reine,
lors qu'il s'agit d'un cœur re-
belle qu'on veut aſſujettir. Floride connut bien qu'il ne luy
étoit pas poſſible de guerir ſa

Maîtreſſe de l'entêtement qu'elle avoit pris.

La Reine attendoit toûjours
quelque heureux effet des ſoins
de ſa Confidente ; mais le peu
de progrés qu'elle faiſoit ſur
Fortuné l'obligea de chercher
elle-même les moyens d'avoir
une converſation avec luy. Elle
ſçavoit qu'il ſe rendoit tous
les matins de bonne-heure
dans un petit Bois, qui donnoit ſous les fenêtres de ſon
Appartement. Elle ſe leva avec
l'Aurore, & regardant du côté
qu'il devoit venir, elle l'apperçut d'un air mélancolique, qui
ſe promenoit nonchalemment ;
elle appella auſſi-tôt Floride :
tu ne m'as parlé que trop juſte,
luy dit-elle, ſans doute Fortuné aime dans cette Cour ou
dans ſon païs:vois la triſteſſe qui
paroit

paroit fur fon vifage : Je l'ay remarqué auffi dans toutes fes
converfations, repliqua Floride, & s'il vous eftoit poffible
de l'oublier, en verité, Madame, vous feriez bien. Il n'eft
plus temps, s'écria la Reine en
pouffant un profond foûpir ;
mais puis qu'il entre dans ce
berceau de verdure, allons-y,
je ne veux eftre fuivie que de
toy. Cette fille n'ofa arrefter
la Reine quelque envie qu'elle
en eût ; car elle craignoit qu'elle ne fe fift aimer de Fortuné,
& une Rivale d'un tel rang eft
toûjours tres-dangereufe. Dés
que la Reine eut fait quelques
pas dans le Bois, elle entendit chanter le Chevalier, fa
voix eftoit tres-agreable ; il a-
voit fait ces paroles fur un air
nouveau.

Tome II.   A a

Ah ! qu'il est difficile
D'aimer avec tendresse & de vi-
vre tranquile ;
Plus je me vois heureux
Et plus je crains la fin du bonheur
qui m'enchante,
Le soin de l'avenir sans cesse m'é-
pouvante,
Et me vient affliger au comble de
mes vœux.

Fortuné avoit fait ce couplet de Chanson par rapport à ses sentimens pour le Roy, aux bontez que ce Prince luy temoignoit, & à l'apprehension d'estre enfin reconnu, & obligé de quitter une Cour, où il se trouvoit mieux qu'en aucun lieu du monde. La Reine qui s'étoit arrestée pour l'écouter, en ressentit une peine extrême :

Que vay-je tenter , dit-elle
tout bâs à Floride ? ce jeune
ingrat méprife l'honneur de
me plaire , il s'eftime heureux,
il paroit fatisfait de fa conquê-
te , il me facrifie à une autre.
Il eft un certain âge , répondit Floride , fur lequel la raifon
n'a pas encore des droits bien
établis ; fi j'ofois donner un
confeil à vôtre Majefté , ce feroit d'oublier un petit étourdy ,
qui n'eft pas capable de gouter
fa fortune. La Reine auroit
bien voulu que fa Confidente
luy eût parlé d'une autre maniere ; elle lança même fur elle un regard furieux, & s'avan-
çant avec precipitation , elle
entra brufquement dans le Cabinet de verdure où le Chevalier fe repofoit ; elle feignit
d'eftre furprife de l'y trouver &

d'avoir quelque peine qu'il la vist dans son deshabillé, bien qu'elle n'eût rien negligé de tout ce qui pouvoit le rendre magnifique & galant.

Dés qu'elle parut il voulut par respect se retirer ; mais elle luy dit de. rester , & qu'il luy aideroit à marcher : J'ay esté ce matin , dit-elle, agreablement éveillée par le chant des oiseaux, le temps frais & la pureté de l'air m'ont invitée à les venir entendre de plus prés. Qu'ils sont heureux, helas ! ils ne connoissent que les plaisirs , les chagrins ne troublent point leur vie : Il me semble, Madame, repliqua Fortuné, qu'ils ne sont pas absolument exempts de peine & d'inquietude, ils ont toûjours a éviter le plomb meurtrier ou les

filets decevants des Chaſſeurs,
il n'eſt pas juſqu'aux oiſeaux
de proye qui ne faſſent la guerre à ces petits innocens ; lors
qu'un rude hyver gele la terre
& la couvre de neige, ils meu-
rent manque de quelques grains
de chenevis ou de millet ; &
tous les ans ils ont l'embarras
de chercher une maîtreſſe nouvelle : Vous croyez donc, Chevalier, dit la Reine en ſouriant,
que c'eſt un embarras ? il y a des
hommes qui le prennent en gré
douze fois chaque année : hé
bon Dieu ! vous paroiſſez ſurpris ? continua-t'elle, ne ſem-
ble-t'il pas que vous avez le
cœur tourné d'une autre maniere, & que vous n'avez encore
jamais changé ? Je ne peux, Madame, ſçavoir dequoy je ſuis
capable, dit le Chevalier ; car

je n'ay point aimé ; mais j'ofe
croire que fi je prenois un attachement, ce feroit pour le refte
de ma vie : Vous n'avez point
aimé, s'écria la Reine en le regardant fi fixement que le pauvre Chevalier en changea plufieurs fois de couleur : vous n'a-
vez point aimé ? Fortuné, pou-
vez-vous parler de cette maniere à une Reine qui lit fur vôtre vifage & dans vos yeux, la
paffion qui vous occupe, & qui
vient même d'entendre les paroles que vous avez faites fur
l'air nouveau qui court à prefent ? Il eft vray, Madame, répondit le Chevalier, que ce
couplet eft de moy ; mais il eft
vray auffi que je l'ay fait fans
aucun deffein particulier, mes
amis m'engagent tous les jours
à leur faire des Chanfons à

boire , bien que je ne boive
que de l'eau, il y en a d'autres
qui en veulent de tendreſſe ;
ainſi je chante l'Amour , je
chante Bachus , ſans eſtre ny
amoureux ny beuveur.

La Reine l'écoutoit avec
tant d'émotion , qu'elle pouvoit à peine ſe ſoutenir , ce
qu'il luy diſoit r'allumoit dans
ſon cœur l'eſpoir que Floride
luy avoit voulu oſter : Si je pouvois vous croire ſincere, dit-elle , j'aurois lieu d'eſtre ſurpriſe , que juſqu'à preſent vous
n'ayez trouvé perſonne dans
cette Cour aſſez aimable pour
vous fixer. Madame, repliqua
Fortuné , je m'attache ſi fort à
remplir les devoirs de ma Charge , qu'il ne me reſte point de
temps pour ſoupirer : Vous
n'aimez donc rien , ajouta-t'el-

le avec vehemence? Non, Madame, dit-il, je n'ay pas le
cœur d'un caractere aſſez galant, je ſuis un eſpece de mi-
ſantrope qui cheris ma liberté,
& qui ne voudrois pas la perdre pour qui que ce ſoit au
monde. La Reine s'aſſit, &
jettant ſur luy des regards obli-
geans: Il eſt des chaines ſi belles & ſi glorieuſes, reprit-elle,
qu'on doit ſe trouver heureux
de les porter, ſi la Fortune vous
en avoit deſtiné de pareilles,
je vous conſeillerois de renoncer à vôtre liberté. En parlant de cette maniere, ces
yeux s'expliquoient trop in-
telligiblement, pour que le
Chevalier, qui avoit déja des
ſoupçons tres-forts, n'eût
pas entierement lieu de ſe les
confirmer. Dans la crainte que
la

la conversation n'allât encore plus loin, il tira sa mon-
tre & poussant un peu l'éguille; Je supplie vostre Majesté,
dit-il, de permettre que j'aille au Palais, voicy l'heure du
lever du Roy, il m'a ordonné
de m'y rendre : Allez bel indifferent, dit-elle en poussant
un profond soupir, vous avez
raison de faire vostre Cour à
mon frere : mais souvenez-vous
que vous n'auriez pas tort de
me dédier quelques-uns de vos
devoirs.

La Reine le suivit des yeux,
puis elle les baissa, & faisant
réflexion à ce qui venoit de se
passer, elle rougit de honte &
de colere; ce qui ajoutoit même quelque chose à son chagrin, c'est que Floride en a-
voit été témoin, & qu'elle re-

marquoit fur fon vifage un air
de joye, qui fembloit luy dire, qu'elle auroit mieux fait de
croire fes confeils, que de parler à Fortuné ; elle réva quelque temps, & prenant des ta-
blettes, elle écrivit ces Vers,
qu'elle fit mettre en Mufique
par le Lully de fa Cour.

Tu vois, tu vois enfin, le tour-
ment que j'endure,
Mon Vainqueur le connoiſt &
n'en eſt point touché,
Mon cœur en fa prefence a
montré fa bleffure,
Et le trait qui toujours devoit
être caché ;
As tu vû fon mépris ? fa rigueur
inhumaine ?
Il me hait : je voudrois le hair
à mon tour :
Mais c'eſt une efperance
vaine

*Je né sçaurois pour luy sentir
que de l'Amour.*

Floride fit tres-bien son per-
sonnage auprés de la Reine,
elle la consola de son mieux,
& luy donna quelques retours
d'esperance dont elle avoit bien
besoin pour ne pas succomber.
Fortuné se trouve dans une di-
stance si éloignée de vous, Madame, luy dit-elle, qu'il n'a
peut-être pas compris ce que
vous avez voulu luy faire entendre, il me semble même que
c'est déja beaucoup qu'il vous
ait assurée qu'il n'aime rien:
il est si naturel de se flatter,
qu'enfin la Reine reprit un peu
de cœur. Elle ignoroit que la
malicieuse Floride, persuadée
de l'éloignement du Chevalier
pour elle, vouloit l'engager

à luy parler encore plus claire-
ment, afin qu'il pût la cho-
quer davantage par l'indifference de ſes réponſes.

Il étoit de ſon coſté dans le
dernier embarras. Sa ſituation
luy paroiſſoit cruelle, & il n'auroit pas heſité à quitter la Cour,
ſi le trait fatal qui l'avoit bleſ-
ſé pour le Roy, ne l'eût arrê-
té malgré luy ; il n'alloit plus
chez la Reine qu'aux heures
où elle tenoit ſon Cercle, &
à la ſuite du Roy, elle s'apperçût auſſi-toſt de ce nouveau
changement de conduite, elle
luy donna lieu pluſieurs fois
de luy faire ſa Cour, ſans qu'il
en voulût profiter : mais un
jour qu'elle deſcendoit dans
ſes jardins, elle le vit qui traverſoit une grande allée, &
qui s'enfonça promptement

dans le petit bois, elle l'appella, il craignit de luy déplaire, en feignant de ne l'avoir pas entenduë, il l'approcha d'un air respectueux.

Vous souvenez-vous Chevalier, luy dit-elle, de la conversation que nous eûmes il y a quelques temps dans le cabinet de verdure ? Je ne suis pas capable, répondit-il, Madame, d'avoir oublié cet honneur : sans doute les questions que je vous fis, ajouta-t'elle, vous causerent de la peine ; car depuis ce jour là, vous ne vous êtes pas mis en état que je vous en fisse d'autres. Comme le hazard seul me procura cette faveur, dit-il, il m'a semblé qu'il y auroit eu de la témérité d'en prétendre d'autres: Dites pluftoft, Ingrat, continua-

t'elle en rougiſſant, que vous
avez évité ma préſence : vous
ne connoiſſez que trop mes
ſentimens. Fortuné baiſſa les
yeux d'un air embaraſſé & mo-
deſte, & comme il heſitoit à
luy répondre, vous êtes bien
déconcerté, allez ne cherchez
rien à me dire, je vous entends mieux que je ne voudrois vous entendre ; elle en
auroit peut-être dit davantage
ſans qu'elle apperçut le Roy
qui venoit ſe promener.

Elle s'avança auſſi-toſt, & le
voyant fort mélancolique, elle le conjura de luy en apprendre la raiſon. Vous ſçavez, dit le Roy, qu'il y a un
mois qu'on me vint donner a-
vis, qu'un Dragon d'une grandeur prodigieuſe, ravageoit
toute la Contrée. Je croyois

qu'on pourroit le tuer , & j'a-
vois donné là-deſſus les Ordres
neceſſaires : mais on a tout ten-
té inutilement, il devore mes
Sujets , leurs troupeaux , &
tout ce qu'il rencontre ; il em-
poiſonne les rivieres & les
fontaines où ils ſe déſalterent ,
& fait ſecher les herbes & les
plantes ſur quoy ils ſe repoſent ;
pendant que le Roy parloit ainſi, la Reine rouloit dans ſon
eſprit irrité, un moyen ſûr de
ſacrifier le Chevalier à ſon reſ-
ſentiment.

Je n'ignore pas , repliqua-
t'elle, les mauvaiſes nouvelles
que vous avez reçûës, Fortuné que vous avez vû auprés de
moy venoit de m'en rendre
compte : mais, mon frere, vous
allez être ſurpris de ce qui me
reſte à vous dire ; c'eſt qu'il

m'a priée avec la derniere
inſtance , que vous luy per-
mettiez d'aller combattre l'affreux Dragon ; il eſt vray qu'il
a une adreſſe ſi merveilleuſe,
& qu'il manie ſi bien ſes armes, que je ne ſuis point ſurpriſe qu'il préſume beaucoup
de luy ; ajoutez à cela, qu'il
m'a dit avoir un ſecret pour
endormir les Dragons les plus
éveillez : mais il n'en faut point
parler, parce qu'il ne paroîtroit
pas aſſez de valeur dans ſon
action. De quelque maniere
qu'il la fiſt , repliqua le Roy,
elle ſeroit bien glorieuſe pour
luy, & bien utile pour nous,
s'il pouvoit y réüſſir ; cependant je crains que ce ne ſoit
l'effet d'un zele indiſcret, &
qu'il ne luy en coutât la vie ;
Non mon frere , ajouta la Rei-

allez où la gloire vous appelle ; je sçay que vous avez tant
d'adresse dans toutes les choses que vous faites, & parti-
culierément aux armes, que ce
Monstre aura peut-être de la
peine à éviter vos coups. Sire,
repliqua le Chevalier, de quelque maniére que je me tire du
combat je seray satisfait, ou je
vous délivreray d'un fleau terrible, ou je mourray pour vous ;
mais honorez moy d'une faveur qui me sera infiniment
chere. Demandez tout ce que
vous voudrez, dit le Roy : J'o-
se, continua-t'il, demander
vostre Portrait : le Roy luy sçut
beaucoup de gré de songer à
son Portrait, dans un temps
où il avoit lieu de s'occuper
de bien d'autres choses, & la
Reine ressentit un nouveau cha-

grin, qu'il ne luy eût pas fait
la même priere : mais il auroit
fallu avoir de la bonté de reste
pour vouloir le Portrait d'une
si méchante personne.

Le Roy retourné dans son
Palais, & la Reine dans le sien,
Fortuné bien embarassé de la
parole qu'il avoit donnée, fut
trouver son Cheval, & luy dit :
mon cher Camarade il y a bien
des nouvelles : Je les sçay déja,
Seigneur, repliqua-t'il : Que ferons nous donc, ajouta Fortuné ? il faut partir au pluftost,
répondit le Cheval, prenez un
Ordre du Roy, par lequel il
vous ordonne d'aller combattre le Dragon, nous ferons enfuite noftre devoir. Ce peu de
mots consola noftre jeune Chevalier, il ne manqua pas de se
rendre le lendemain de bonne

heure chez le Roy, avec un habit de campagne, aussi bien entendu que tous les autres qu'il avoit prit dans le coffre de marroquin.

Aussi-tost que le Roy l'apperçut, il s'écria, quoy vous êtes prest à partir ? L'on ne peut avoir trop de diligence, pour executer vos Commandemens, Sire, repliqua-il, je viens prendre congé de vous. Le Roy ne put s'empêcher de s'attendrir, voyant un Cavalier si jeune, si beau, si parfait sur le point de s'exposer au plus grand péril, où un homme pouvoir jamais se mettre.

Il l'embrassa & luy donna son Portrait enrichi de gros Diamans ; Fortuné le reçût avec une joye extraordinaire, les grandes qualitez du Roy

l'avoient touché à tel point,
qu'il n'imaginoit rien au monde de plus aimable que luy, &
s'il souffroit en le quittant,
c'étoit bien moins par la crainte d'être englouty du Dragon
que par la privation d'une presence si chere.

Le Roy voulut que son Or-
dre particulier pour Fortuné
d'aller combattre, en renfer-
mât un general à tous ses Sujets, de luy aider, & de luy
donner les secours dont il pourroit avoir besoin ; ensuite il
prit congé du Roy, & pour
qu'on n'eût rien à remarquer
dans sa conduite, il alla chez
la Reine qui étoit à sa Toil-
lete entourée de plusieurs Dames : elle changea de couleur
lorsqu'il parut ; que n'avoit-el-
le pas à se reprocher sur son

chapitre ? il la falua refpectueu-
fement, & luy demanda fi elle vouloit l'honorer de fes
Ordres, qu'il alloit partir ; ce
mot acheva de la déconcerter,
& Floride qui ne fçavoit rien
de ce que la Reine avoit tra-
mé contre le Chevalier, refta
fort éperduë, elle auroit bien
voulu l'entretenir en particulier : mais il fuyoit des converfations fi embarraffantes.

Je prië les Dieux, luy dit
la Reine, de vous faire vaincre, & de vous ramener triomphant ; Madame, repliqua le
Chevalier, voftre Majefté me
fait trop d'honneur, elle fçait
affez le péril où je m'expofe,
& je ne l'ignore pas non plus,
cependant je fuis tout plein
de confiance, peut-être que
dans cette occafion je fuis le

feul qui efpere ; La Reine entendit bien ce qu'il vouloit luy
dire, fans doute qu'elle auroit
répondu à ce petit reproche,
s'il y avoit eu moins de monde dans fa chambre.

Enfin le Chevalier fe rendit
chez luy, il ordonna à fes fept
excellens Domeftiques de monter à Cheval, & de le fuivre,
parce que le temps étoit venu
d'éprouver ce qu'ils fçavoient
faire ; il n'y en eut aucun qui
ne témoignât de la joye de pouvoir le fervir. Ils ne tarderent
pas une heure à mettre tout
en ordre, & ils partirent avec
luy, l'affurant qu'ils ne negli-
geroient rien pour fa fatisfaction ; en effet quand ils fe
trouvoient feuls dans la campagne, & qu'ils ne craignoient
point d'être vûs, chacun faifoit
preuve

preuve de son adresse : Trinquet buvoit l'eau des Etangs,
& pêchoit le plus beau Poisson pour le dîner de son Maître. Leger de son côsté attra-
poit les Cerfs à la course, &
prenoit un Lievre par les o-
reilles quelque rusé qu'il fût;
le bon Titeur ne faisoit quartier ny aux Perdreaux, ny aux
Faisans, & quand le gibier é-
toit tué d'un côsté, la venai-
son de l'autre, & le Poisson
hors de l'eau, Forte-échine s'en
chargeoit gayement, il n'y a-
voit pas jusqu'à Fine-oreille,
qui ne se rendist utile, il é-
coutoit sortir de la terre les
Trufes, les Morilles, les Cham-
pignons, les Salades, les Herbes fines, ainsi Fortuné n'avoit
presque pas besoin de mettre
la main à la bourse pour les

frais de fon voyage , & il fe feroit affez bien diverty à voir tant de chofes extraordinaires , s'il n'avoit pas eu le cœur tout remply de ce qu'il venoit de quitter. Le mérite du Roy luy étoit toujours prefent, & la malice de la Reine luy fembloit fi grande, qu'il ne pouvoit s'empêcher de la détefter.

Il marchoit abîmé dans une profonde rêverie, lorfqu'il en fut retiré par les cris perçans de plufieurs perfonnes , c'étoient de pauvres Payfans que le Dragon devoroit. Il en vit quelques-uns qui s'étant échappez fuyoient de toutes leurs forces, il les appella fans qu'ils vouluffent s'arrefter , il les fuivit & leur parla ; il fçut par eux, que le Monftre n'étoit

pas éloigné. Il leur demanda
comment ils faiſoient pour s'en
garantir, ils luy dire que l'eau
étoit rare dans le Pays, que
l'on n'y en buvoit que de
pluyes, & que pour la con-
ſerver ils avoient fait un
Etang, que le Dragon aprés
bien des courſes y venoit
boire, qu'il faiſoit de grands
cris en arrivant, qu'on les entendoit d'une lieuë, qu'alors
tout le monde effrayé ſe cachoit, fermant les portes, &
les feneſtres des maiſons.

Le Chevalier entra dans u-
ne Hôtellerie, bien moins pour
ſe repoſer que pour prendre
les bons avis de ſon joly Cheval, quand chacun ſe fut retiré, il décendit dans l'Ecurie,
il luy dit : Camarade que ferons nous pour vaincre le Dra-

gon ? Seigneur, luy dit-il, j'y
réveray cette nuit, & je vous
en rendray compte demain matin ; il luy dit lorfqu'il y retourna je fuis d'avis que Fine-
oreille écoute fi le Dragon eft
proche : auffi-toft Fine - oreille
fe coucha par terre, il entendit les cris du Dragon qui é-
toit encore à fept lieuës de-là ;
quand le Cheval le fçeut, il
dit à Fortuné ; Commandez à
Trinquet. d'aller boire toute
l'eau du grand Etang, & que
Forte-échine y porte affez de
vin pour le remplir, il faudra
mettre autour des raifins fecs,
du poivre, & plufieurs chofes
qui alterent, commandez auffi
que les Habitans fe renferment
chacun dans leurs maifons, &
vous même, Seigneur ; ne for-
tez pas de celle que vous choi-

firez avec tous vos gens, le
Dragon ne tardera pas de venir boire à l'Etang, le vin luy
femblera bon, & vous verrez
qu'on en viendra à bout.

Dés que Camarade eut a-
chevé de regler ce qu'on devoit faire, chacun s'employa à
ce qui luy étoit ordonné. Le
Chevalier entra dans une maifon dont les vûës donnoient fur
l'Etang. Il y étoit à peine, que
l'affreux Dragon y vint ; il but
un peu, enfuite il mangea le
déjeuner qu'on luy avoit préparé, & puis il but tant, &
tant, qu'il s'enyvra. Il ne pouvoit plus fe remuer, il étoit
couché fur le cofté, fa tefte
panchée & fes yeux fermez,
quand Fortuné le vit ainfi il
jugea bien qu'il n'y avoit pas
un moment à perdre, il fortit

l'épée à la main, & l'attaqua
avec un courage merveilleux.
Le Dragon se sentant percé de
tous costez, vouloit s'élever &
fondre sur le Chevalier : mais
il n'en avoit pas la force, il
perdoit tout son sang, & le
Chevalier ravy de l'avoir réduit dans cette extremité, appella ses gens pour lier ce
Monstre avec des cordes &
des chaînes, voulant ménager
au Roy le plaisir & la gloire de
luy donner la mort ; de sorte
que n'ayant plus rien à craindre, ils le traînerent jusqu'à la
Ville.

Fortuné marchoit à la tête
de son petit cortege en approchant du Palais, il envoya Leger,
pour apprendre au Roy la bonne nouvelle d'un succez si avan-
tageux : mais cela paroissoit

presque incroyable, jusqu'à ce
que l'on vit paroître ce Monstre sur une Machine faite exprés, où il étoit garroté.

Le Roy descendit, il embrassa Fortuné; les Dieux vous ré-
servoient cette Victoire, luy dit-
il, & je ressens moins la joye de
voir cet horrible Dragon dans
l'état où vous l'avez réduit, que
de vous voir, mon cher Chevalier. Sire, repliqua-t'il, vostre
Majesté peut luy donner les
derniers coups, je ne l'ay ame-
né que pour les recevoir de vôtre main. Le Roy tira son Epée
& acheva de tuer le plus cruel
de ses Ennemis; tout le monde
jettoit des cris de joye, & des
acclamations pour un succez si
inesperé.

Floride toujours inquiéte ne
demeura pas longtemps sans

apprendre le retour du beau Chevalier; elle courut l'annoncer à la Reine, qui demeura si surprise & si combattuë par son amour, & par sa haine, qu'elle ne pouvoit répondre à ce que luy disoit sa Favorite; elle s'étoit reproché cent & cent fois, le mauvais tour qu'elle luy avoit joüé; mais elle aimoit mieux le voir mort que de le voir indifferent; de sorte qu'elle ne sçavoit si elle étoit bien aise, ou bien fâchée qu'il revinst dans une Cour, où sa presence alloit encore troubler le repos de sa vie.

Le Roy impatient de luy raconter l'heureux succez d'une avanture si extraordinaire, entra dans sa chambre appuyé sur le Chevalier; voicy le Vainqueur du Dragon, dit-il à la Reine,

qui

qui vient de me rendre le service le plus signalé que je pouvois souhaiter d'un fidele Sujet: c'est à vous, Madame, à
qui il a parlé la premiere de
l'envie qu'il avoit de combattre ce Monstre; j'espere que
vous luy tiendrez compte du
péril où il s'est exposé; la Reine composant son visage, ho-
nora Fortuné d'un accüeil
gracieux & de mille loüanges;
elle le trouva encore plus aimable que lorsqu'il partit, &
son attention à le regarder, ne
luy fit que trop entendre que
son cœur étoit encore blessé.

Elle ne voulut pas se fier à
ses yeux de s'en expliquer tous
seuls, & un jour qu'elle é-
toit à la chasse avec le Roy, elle
feignit de ne pouvoir pas suivre les Chiens, parce qu'elle

étoit incommodée. Alors se
tournant vers le jeune Chevalier qui n'étoit pas éloigné :
Vous me ferez plaisir, luy dit-
elle, de rester auprés de moy,
je veux descendre & me repo-
ser un peu ; allez, ajouta-t'elle,
à ceux qui l'accompagnoient,
ne quittez pas mon frere ; aussi-
tost elle mit pied à terre avec
Floride, & s'assit au bord d'un
ruisseau, où elle demeura quelque temps dans un profond silence : elle rêvoit au tour qu'elle donneroit à son discours.

Enfin levant les yeux, elle les
attacha sur le Chevalier, &
luy dit : Comme les bonnes intentions ne se manifestent pas
toujours, je crains que vous
n'ayez point pénétré les mo-
tifs qui m'engagerent de pres-
ser le Roy de vous envoyer

combattre le Dragon, j'étois
sûre par un préssentiment qui
ne m'a jamais trompé , que
vous en sortiriez en homme
de courage, & vos envieux
parloient si mal du vôtre, parce que vous n'êtes point allé à
l'Armée, qu'il falloit une action
aussi éclatante que celle-cy,
pour leur fermer la bouche : je
vous aurois bien communiqué
ce qui se disoit là-dessus, continua-t'elle, & j'aurois peut-
être dû le faire, sans que je
me persuaday que vôtre ressen-
timent auroit des suites, &
qu'il valoit mieux faire taire
les mal-intentionnez par vôtre
conduite intrepide dans le péril , que par une autorité qui
marque plutost que l'on est Favory, que Soldat, vous voyez à present, Chevalier, continua-t'elle,

que j'ay pris un fenfible inte-
reft à tout ce qui vous eft arrivé de glorieux, & que vous
auriez grand tort d'en juger
d'une autre maniere. La diftan-
ce qui nous fepare eft fi grande, Madame, répondit-il mo-
deftement, que je ne fuis pas
digne de l'éclairciffement que
vous voulez bien me donner,
ny du foin que vous avez pris
de hazarder ma vie pour ménager mon honneur, le Ciel
m'a protegé avec plus de bonté que mes ennemis ne le fou-
haitoient, & je m'eftimeray
toujours heureux, d'employer
pour le fervice du Roy, & le
vôtre, une vie dont la perte
m'eft plus indifferente qu'on
ne penfe.

Le refpectueux reproche de
Fortuné embaraffa la Reine,

elle sentit bien tout ce qu'il
vouloit luy dire : mais elle le
trouvoit trop aimable pour chercher à l'éloigner par quelque
réponse trop aigre, au contraire elle feignit d'entrer dans
ses sentimens, & se fit redire
avec quelle adresse il avoit
vaincu le Dragon. Fortuné n'a-
voit garde d'apprendre à personne que c'étoit par le secours
de ses gens, il se vantoit d'ê-
tre allé au devant de ce redoutable ennemy, & que sa
seule adresse, & même sa témérité l'avoient tiré d'affaire :
mais la Reine ne songeant
presque plus à ce qu'il luy ra-
contoit, l'interrompit pour luy
demander s'il étoit à present
bien convaincu de la part qu'elle
prenoit dans tout ce qui le regardoit. Cette conversation al-

loit être pouffée plus loin ; lorfqu'il luy dit : Madame, je viens
d'entendre le fon d'un cors, le
Roy approche , vôtre Majefté
ne veut-elle pas monter à cheval pour aller au devant de luy ?
Non , dit-elle d'un air plein
de dépit, il fuffit que vous y
alliez. Le Roy me blâmeroit,
Madame, ajouta-t'il, fi je vous
laiffois feule, dans un lieu où
vous pouvez courir quelque
rifque : Je vous difpenfe de
tant d'inquiétude, ajouta-t'elle d'un ton abfolu, allez vôtre
préfence m'importune.

A cet ordre le Chevalier
luy fait une profonde révérence,
monte à Cheval, & fe dérobe à
fa vûë inquiet du fuccez que
pourroit avoir ce nouveau ref-
fentiment. Il confulta là-deffus
fon beau Cheval : Apprends-

moy, Camarade, luy dit-il, si
cette Reine trop tendre & trop
colere, trouvera encore quelque Monstre pour m'y livrer?
Elle ne trouvera qu'Elle, répondit le joly Cheval; mais elle est
plus Dragonne que le Dragon
que vous avez tué, & elle exer-
cera suffisamment vôtre patience & vôtre vertu: Ne me fera-
t'elle point perdre les bonnes
graces du Roy, s'écria-t'il? voila tout ce que je crains. Je ne
peux pas vous reveler l'avenir,
dit Camarade, qu'il vous suffise que je veille à tout. Il n'en
dit pas davantage, parce que
le Roy parut au bout d'une allée; Fortuné le joignit & luy
apprit que la Reine s'estoit trou-
vée mal, & luy avoit ordonné
de rester auprés d'elle. Il me
semble, dit le Roy, en souriant,

que vous estes assez bien dans
ses bonnes graces, & c'est à
elle que vous ouvrez vôtre
cœur préferablement à moy;
car enfin, je n'ay point oublié
que vous la priâtes de vous
procurer la gloire d'aller combattre le Dragon. Sire, repliqua le Chevalier, je n'ose me
deffendre de ce que vous dites;
mais je peux assurer Vôtre Majesté, que je mets une grande
difference entre vos bonnes
graces & celles de la Reine,
& s'il estoit permis à un Sujet d'avoir son Souverain pour
Confident, je me ferois une
joye bien delicate de vous déclarer tous les sentimens de
mon cœur. Le Roy l'interrompit pour luy demander où il a-
voit laissé la Reine.

Pendant qu'il l'alloit join-

dre , elle fe plaignoit à Floride de l'indifference de Fortuné : Sa vûë me devient odieu-
fe , s'écrioit-elle , il faut qu'il
forte de la Cour , ou que je
la quitte , je ne fçaurois plus
fouffrir un ingrat qui ofe me
témoigner tant de mépris : Et
quel eft le mortel qui ne s'e-
ftimeroit pas heureux de plaire à une Reine toute puiffan-
te dans cet Etat ? il n'y a que
luy au monde ; ah ! les Dieux
l'on refervé pour troubler tout
le repos de ma vie.

Floride n'eftoit point fâchée
du chagrin que fa Maîtreffe
avoit contre Fortuné , & bien
loin de l'appaifer elle l'aigrif-
foit , en luy r'appellant mille
circonftances qu'elle n'avoit
peut-eftre pas voulu remarquer.
Son dépit augmenta encore

322 LE CHEVALIER

& luy fit concevoir un nouveau deſſein pour perdre le pauvre Chevalier.

Dés que le Roy fut auprés d'elle & qu'il luy eut témoigné ſon inquietude pour ſa ſanté, elle luy dit : Je vous avouë que je me trouvois aſſez mal ; mais il eſt difficile de ne pas guerir avec Fortuné, il eſt réjoüiſſant, ſes viſions ſont plaiſantes : Vous ſçaurez, continua-t'elle, qu'il m'a priée d'obtenir une nouvelle grace de vôtre Majeſté. Il la demande avec la derniere confiance de réuſſir dans l'entreprife du monde la plus temeraire. Quoy ma ſœur ! s'écria le Roy, veut-il aller combattre quelque nouveau Dragon ? C'eſt eſt pluſieurs à la fois, dit-elle, qu'il s'aſſure

de vaincre ; vous le diray-je ?
Enfin il se vante d'obliger l'Empereur à nous rendre tous nos
tresors, & que pour cela il ne
luy faut point d'Armée. Quel
dommage , repliqua le Roy ,
que ce pauvre garçon soit tombé dans une folie si extraordinaire : Son combat contre
le Monstre , ajouta la Reine ,
ne luy laisse plus concevoir
que de grands desseins ; &
que hazardez-vous en luy donnant la permission de s'exposer encore pour vôtre service?
Je hazarde sa vie qui m'est chere , repliqua le Roy , j'aurois
une peine extrême de le faire
perir de gayeté de cœur: De
quelque maniere que la chose
tourne , il est donc infaillible qu'il mourra, dit-elle ; car
je vous assure qu'il a une si for-

te paſſion d'aller recouvrer vos
treſors , qu'il ne fera plus que
languir ſi vous luy en refuſez
la permiſſion.

Le Roy tomba dans une
profonde triſteſſe : Je ne puis
imaginer , dit-il , ceux qui
luy rempliſſent la tête de toutes ces chimeres , je ſouffre de
le voir en cet état. Au fond ,
repliqua la Reine , il a combattu le Dragon , il l'a vaincu , peut-eſtre qu'il réüſſiroit
de même ; j'ay quelquefois des
preſſentimens juſtes , le cœur
me dit que ſon entrepriſe ſera heureuſe ; de grace mon frere , ne vous oppoſez point à
ſon zele. Il faut l'appeller, a-
jouta le Roy , & luy repreſen-
ter tout au moins ce qu'il hazarde : Voila juſtement le
moyen de le faire deſeſperer ,

repliqua la Reine, il croira que vous ne voulez pas qu'il parte, & je vous assure qu'à l'égard de le retenir par aucune consideration qui le concerne, il ne le fera pas ; car je luy ay déja dit tout ce qui se peut imaginer dans une telle occasion : Hé bien, s'écria le Roy, qu'il parte, j'y consens. La Reine ravie de cette permission, appella Fortuné : Chevalier, luy dit-elle, remerciez le Roy, il vous accorde la permission que vous desirez tant, d'aller trouver l'Empereur Matapa, & de luy faire rendre de gré ou de force, nos tresors qu'il a enlevez ; preparez-vous-y, avec la même diligence que vous eûtes pour aller combattre le Dragon.

Fortuné surpris réconnut à

ce trait la fureur de la Reine
contre luy; cependant il ressentit du plaisir , à pouvoir donner sa vie pour un Roy qui luy
estoit si cher , & sans se deffendre de cette extraordinaire
commission, il mit un genoux
en terre & baisa la main du
Roy, qui estoit de son côté
tres-attendry. La Reine ressentoit une espece de honte,
de voir avec quel respect il se
voyoit condamner à affronter la
mort. Seroit-ce, disoit-elle en
elle-même , qu'il auroit pour
moy de l'attachement , & plûtôt que de me dédire de ce que
j'ay avancé de sa part il souf-
fre le mauvais tour que je luy
jouë sans se plaindre ? Ah! si
je pouvois m'en flatter , que
je me voudrois de mal de celuy que je vais luy faire. Le

Roy parla peu au Chevalier,
il remonta à cheval, & la
Reine dans sa Caleche feignant de se trouver encore
mal.

Fortuné accompagna le Roy
jusqu'au bout de la Forest, puis
y r'entrant pour entretenir son
Cheval, il luy dit: Mon fidele
Camarade, c'en est fait, il faut
que je perisse, la Reine vient
de m'en ménager une occasion à laquelle je ne me serois
jamais attendu de sa part. Mon
aimable Maître, repliqua le
Cheval, cessez de vous allarmer, bien que je n'aye pas été present à ce qui s'est passé,
je le sçavois il y a long-tems,
l'Ambassade n'est pas si terrible que vous l'imaginez: Tu ne
sçais donc pas, continua le
Chevalier, que cet Empereur

eſt le plus colere de tous les
hommes, & que ſi je luy pro-
poſe de rendre tout ce qu'il a
pris au Roy, il ne me fera
point d'autre réponſe que de
m'attacher une pierre au col
& de me faire jetter dans la
riviere ? Je ſuis informé de ſes
violences, dit Camarade; mais
que cela ne vous empêche pas
de prendre vos gens avec vous
& de partir, ſi vous y periſſez
nous perirons tous, j'eſpere cependant un meilleur ſuccez.

Le Chevalier un peu conſo-
lé revint chez luy, donna les
ordres neceſſaires & fut enſuite prendre ceux du Roy & ſes
Lettres de Creances : Vous
direz de ma part à l'Empereur, luy dit-il, que je rede-
mande mes Sujets qu'il retient
en eſclavage, mes Soldats pri-
ſonniers

fonniers, mes Chevaux dont
il se sert, & mes meubles avec
mes Tresors. Que luy offri-
ray-je pour toutes ces choses?
dit Fortuné; Rien, repliqua le
Roy, que mon amitié. Le jeune Ambassadeur ne fit pas un
grand effort de memoire pour
retenir son instruction, il partit sans voir la Reine, elle en
parut offensée; mais il avoit
peu de chose à ménager avec
elle: que pouvoit-elle luy faire
dans sa plus grande colere, qu'elle ne luy fist pas dans les trans-
ports de sa plus grande amitié? une tendresse de ce caractere, luy paroissoit la chose
du monde la plus redoutable;
sa Confidente qui sçavoit tout
le secret estoit desesperée contre sa Maîtresse, de vouloir sacrifier la fleur de toute Chevalerie.

Fortuné prit dans le Coffre de Marroquin, tout ce qui luy eſtoit neceſſaire pour ſon voyage, il ne ſe contenta pas de s'habiller magnifiquement, il voulut, que ſes ſept hommes qui l'accompagnoient fuſſent tres bien mis ; & comme ils avoient tous des Chevaux excellens, & que Camarade ſembloit plûtôt voler en l'air que courir ſur la terre, ils arriverent en peu de temps à la Ville Capitale où demeuroit l'Empereur Matapa. Elle eſtoit plus grande que Paris, Conſtantinople & Rome enſemble, & ſi peuplée, que les caves, les greniers & les toits, eſtoient habitez.

Fortuné demeura bien ſurpris, de voir une Ville d'une ſi prodigieuſe étenduë,

Il fit demander Audiance à
l'Empereur & l'obtint sans peine ; mais quand il luy eut de-
claré le sujet de son Ambassade, bien que ce fût avec une
grace qui ajoûtoit beaucoup à
ses raisons, l'Empereur ne put
s'empêcher d'en sourire. Si
vous étiez à la tête de cinq
cent mille hommes, luy dit-
il, l'on pourroit vous écouter ;
mais l'on m'a dit que vous n'en
aviez que sept. Je n'ay pas en-
trepris, Seigneur, luy dit Fortuné, de vous faire rendre ce
que mon Maître souhaite, par
la force, mais par mes tres-
humbles remontrances : par
quelque voye que ce soit, ajoûta
l'Empereur, vous n'en viendrez
point à bout que vous n'exe-
cutiez une pensée qui vient
de me venir ; c'est que vous

trouviez un homme qui ait affez
bon apétit pour manger à fon
déjeuner tout le pain chaud
qu'on aura cuit pour les habitans de cette grande Ville. Le
Chevalier à cette propofition
demeura furpris de joye , &
comme il ne parloit pas affez
promptement , l'Empereur s'é-
clata de rire : Vous voyez , luy
dit-il , qu'il eft naturel de répondre une extravagance à une
propofition extravagante. Seigneur, dit Fortuné , j'accepte
ce que vous m'offrez, j'amene-
ray demain un homme qui man-
gera tout le pain tendre , &
même tout le pain dur de cette
Ville , commandez qu'on l'ap-
porte dans la grande Place ,
vous aurez le plaifir de luy voir
mettre à profit jufqu'aux miet-
tes. L'Empereur repliqua qu'il

y confentoit ; il ne fut parlé le
refte du jour, que de la folie
du nouvel Ambaſſadeur, & Matapa jura qu'il le feroit mourir
s'il ne tenoit pas fa parole.

Fortuné eſtant revenu à l'Hôtel des Ambaſſadeurs où il lo-
geoit, il appella Grugeon, &
luy dit : c'eſt cette fois icy qu'il
faut te préparer à manger du
pain, il y va de tout pour nous.
Il luy apprit là-deſſus ce qu'il
avoit promis à l'Empereur. Ne
vous inquietez point, mon Maître, luy dit Grugeon, je man-
geray tant qu'ils en feront las
premier que moy. Fortuné ne
laiſſoit pas de craindre qu'il
n'en pût venir à bout ; il défendit qu'on luy donnât à ſouper,
afin qu'il déjeunât mieux ; mais
cette précaution eſtoit inuti-
le.

L'Empereur , l'Imperatrice, & la Princesse , se placerent sur un Balcon pour voir mieux ce qui alloit se passer. Fortuné arriva avec son petit Cortege , & lors qu'il apperçut dans la grande Place six montagnes de pain plus hautes que les Pirenées, il ne put s'empêcher de pâlir, Grugeon n'en fit pas de même ; car l'esperance de manger tant de bon pain luy faisoit grand plaisir, il pria qu'on n'en reservât pas le plus petit morceau, disant qu'il vouloit même avoir le reste des souris. l'Empereur plaisantoit avec toute sa Cour de l'extravagance de Fortuné & de ses gens ; mais Grugeon impatient demanda le signal pour commencer , on le luy donna par le bruit des Trompettes & des

Tambours, en même temps il
se jetta sur une des montagnes de pain, qu'il mangea en
moins d'un quart d'heure, &
toutes les autres furent gobées
de même.

Il n'a jamais esté un estonne-
ment pareil, tout le monde demandoit s'il n'avoit point fa-
ciné leurs yeux, & l'on alloit
toucher à l'endroit où les pains
avoient esté apportez ; il fallut
que ce jour-là, depuis l'Empereur jusqu'au chat, tout dinât
sans pain.

Fortuné infiniment content
de ce bon succez, s'approcha
de l'Empereur, & luy demanda avec beaucoup de respect
s'il avoit agreable de luy tenir sa parole ; l'Empereur un
peu irrité d'avoir esté pris pour
duppe, luy dit: Monsieur l'Am-

baſſadeur , c'eſt trop manger
ſans boire , il faut que vous ou
quelqu'un de vos gens , buviez
toute l'eau des Fontaines, des
Acqueducs & des Reſervoirs
de la Ville , & tout le vin qui
ſe trouvera dans les Caves:
Seigneur , dit Fortuné , vous
voulez me mettre dans l'im-
poſſibilité d'obeïr à vos Ordres;
mais au fond je ne laiſſerois
pas de tenter l'avanture , ſi je
pouvois me flatter que vous
rendrez au Roy mon Maître ce
que je vous ay demandé de ſa
part : Je le feray dit l'Empereur , ſi vous pouvez réuſſir
dans vôtre entrepriſe. Le Chevalier demanda à l'Empereur
s'il y feroit preſent, il repliqua
que la choſe eſtoit aſſez rare
pour meriter ſa curioſité ; &
montant dans un Chariot magnifique

gnifique , il fut à la Fontaine
des Lions, il y en avoit fept de
Marbre , qui jettoient par la
gueulle des torrens d'eau dont
il fe formoit une riviere fur
laquelle on traverfoit la Ville en Gondolle.

Trinquet s'approcha du
grand Baffin, & fans repren-
dre haleine , il tarit cette
fource auffi feche que s'il n'y
avoit jamais eu d'eau. Les
poiffons de la Riviere crioient
vangeance contre luy , car ils
ne fçavoient que devenir. Il
n'en fit pas moins à toutes les
autres Fontaines, aux Acqueducs, aux Refervoirs ; enfin il
auroit bû la mer tant il eftoit
alteré. Aprés une telle expe-
rience , l'Empereur ne pouvoit
guere douter qu'il ne bût le
vin auffi bien que l'eau , & cha-

cun dépité , n'avoit guere
envie de luy donner le fien;
mais Trinquet fe plaignit hau-
tement de l'injuftice qu'on luy
faifoit, il dit qu'il auroit mal
à l'eftomach , & qu'il ne pre-
tendoit pas feulement avoir le
Vin ; mais que les Liqueurs é-
toient auffi de fon marché; de
forte que Matapa craignant
de paroiftre trop ménager ,
confentit à ce que Trinquet
demandoit. Fortuné prenant
fon temps , fupplia l'Empereur
de fe fouvenir de ce qu'il luy
avoit promis ; à ces paroles il
prit un air fevere, & luy dit
qu'il y penferoit.

En effet il affembla fon Confeil pour luy declarer le chagrin exrrême où il eftoit, d'a-
voir promis à ce jeune Ambaffadeur de rendre tout ce

qu'il avoit gagné sur son Maître, qu'il y avoit attaché des
conditions dont il avoit cru
l'execution impossible, & qu'il
falloit aviser à ce qu'il pourroit dire pour éviter une chose qui luy estoit si préjudiciable. La Princesse sa fille qui
estoit une des plus belles personnes du monde, l'ayant entendu parler ainsi, luy dit :
Seigneur, vous sçavez que jusqu'à present j'ay vaincu tous
ceux qui ont osé me disputer le
prix de la course, il faut dire à
l'Ambassadeur que s'il peut arriver premier que moy au but qui
sera marqué, vous promettrez de
ne plus éluder la parole que
vous luy avez donnée.

L'Empereur embrassa sa fille, il trouva son conseil merveilleux & le lendemain il re-

çut agreablement les devoirs
de Fortuné.

J'ay encore une chofe à exi-
ger, luy dit.il, c'eſt que vous
ou quelqu'un de vos gens,
couriés contre la Princeſſe ma
fille, je vous jure par tous les
Elemens que ſi l'on remporte
le prix ſur elle, je donneray
toute ſorte de ſatisfaction à
vôtre Maître. Fortuné ne refuſa point ce deffy, il dit à
l'Empereur qu'il l'acceptoit, &
ſur le champ Matapa ajouta
que ce ſeroit dans deux heures. Il envoya dire à ſa fille
de ſe preparer, c'eſtoit un exercice où elle eſtoit accoutumée
dés ſa plus tendre jeuneſſe. Elle parut dans une grande allée
d'Orangers, qui avoit trois
lieuës de long, & qui eſtoit ſi
bien ſablée que l'on n'y voyoit

pas une pierre grosse comme la
tête d'une épingle, elle avoit
une robe legere de taffetas
couleur de Rose, semée de petites étoiles brodées d'Or &
d'Argent, ses beaux cheveux
estoient ratachez d'un Ruban
par derriere & tomboient ne-
gligemment sur ses épaules,
elle portoit de petits souliers
sans talon extremement jolis,
& une ceinture de Pierreries
qui marquoit assez sa taille,
pour laisser voir qu'il n'en a jamais esté une plus belle; la jeune
Attalante n'auroit osé luy rien
disputer.

Fortuné vint suivy du fidele
Leger & de ses autres Domesti-
ques, l'Empereur se plaça avec
toute sa Cour, l'Ambassadeur
dit que Leger auroit l'honneur
de courir contre la Princesse.

F f iij.

Le Coffre de Marroquin luy
avoit fourny un habit de toille
de Hollande tout garny de dan-
telle d'Angleterre, des bas de
foye couleur de feu, des plumes de même & de beau linge.
En cet état il avoit fort bonne
mine, la Princeſſe l'accepta
pour courir avec elle, mais
avant que de partir on luy apporta une liqueur, qui aidoit
encore à la rendre plus legere,
& à luy donner de la force. Le
Coureur s'écria qu'il falloit
qu'on luy en donnât auſſi, &
& que l'avantage devoit eſtre
égal: Tres-volontiers, dit-elle,
je ſuis trop juſte pour vous re-
fuſer. Auſſi-tôt elle luy en fit
verſer; mais comme il n'eſtoit
point accoûtumé à cette eau
qui eſtoit tres-forte, elle luy
montoit tout d'un coup à

la teste ; il fit deux ou trois
touts, & se laissant tomber au
pied d'un Oranger il s'endor-
mit profondement.

Cependant on donnoit le signal pour partir, on l'avoit déja recommencé trois fois, la
Princesse attendoit bonnement
que Leger s'éveillât, elle pensa enfin qu'il luy estoit d'une
grande consequence de tirer
son pere de l'embarras où il
estoit, de sorte qu'elle partit
avec une grace & une legereté merveilleuse. Comme Fortuné se tenoit au bout de l'allée avec tous ses gens, il ne
sçavoit rien de ce qui se passoit ; lors qu'il vit la Princesse
qui couroit toute seule, & qui
n'estoit plus guere qu'à une demie lieuë du but : Dieux ! s'é-
cria-t'il, en parlant à son Che-

val ; nous fommes perdus , je
n'apperçois point Leger : Seigneur , dit Camarade , il faut
que Fine-oreille écoute , peut-
eftre il nous apprendra ce qu'il
fait. Fine-oreille fe jetta par
terre , & bien qu'il fût à deux
lieuës de Leger il l'entendit
ronfler : vraiment, dit-il , il n'a
garde de venir , il dort comme
s'il eftoit dans fon lit. Hé que
ferons-nous donc, s'écria encore
Fortuné ? Mon Maître, dit Camarade , il faut que le Bon-tireur luy décoche une fleche
dans le petit bout de l'oreille
afin de le reveiller. Le Bon-
tireur prit fon Arc & frappa fi
jufte , qu'il perça l'oreille de
Leger. La douleur qu'il reffentit le tira de fon affoupiffe-
ment, il ouvrit les yeux, il apperçut la Princeffe qui touchoit

presque au but , & il n'entendit derriere luy que des cris de
joye & d'applaudissement. Il
s'étonna d'abord ; mais il re-
gagna bien vîte ce que le som-
meil luy avoit fait perdre. Il
sembloit que les Vents le portoient, & que les yeux ne le
pouvoient suivre ; enfin il arriva le premier, ayant encore la
fleche dans l'oreille , car il ne
s'estoit pas donné le temps de
'oster.

L'Empereur demeura si surpris des trois évenemens qui
s'estoient passez depuis l'arrivée de l'Ambassadeur , qu'il
crut que les Dieux s'interes-
soient pour luy, & qu'il ne pouvoit plus differer de tenir sa
parole : Approchez , luy dit-il,
afin d'entendre par ma bouche que je consens que vous

preniez icy ce que vous ou l'un
de vos hommes , pourrez emporter des trefors de vôtre
Maitre ; car il ne faut pas que
vous penfiez que je veuille jamais vous en donner davantage , ny que je laiffe aller fes
Soldats, fes Sujets & fes Chevaux. L'Ambaffadeur luy fit une
profonde reverence , il luy dit
qu'il luy faifoit encore beaucoup de grace , & qu'il le fup-
plioit de donner fes ordres là-
deffus.

Matapa tout plein de dépit
parla au Gardien de fes Trefors, & s'en alla à une Maifon
de plaifance qu'il avoit proche
de la Ville. Auffi-tôt Fortuné
& fes gens demanderent l'entrée de tous les lieux où les
Meubles , les Raretez , l'Argent & les Bijoux du Roy é-
toient enfermez. On ne luy

zacha rien, mais ce fut à condition qu'il n'y auroit qu'un seul
homme qui pourroit s'en charger. Forte-échine se presenta,
& avec son secours l'Ambassadeur emporta tous les meubles
qui étoient dans les Palais de
l'Empereur, cinq cens Statuës
d'or plus hautes que des Geans,
des Carosses, des Chariots, &
toutes sortes de choses sans exception, avec cela Forte-échine marchoit si legerement qu'il
ne sembloit pas qu'il eût une
livre pesant sur son dos.

Lorsque les Ministres de
l'Empereur virent que ces Palais étoient démeublez à tel
point qu'il n'y restoit, ny chai-
se, ny coffre, ny marmite,
ny lit pour le coucher. Ils allerent en diligence l'en avertir, & l'on peut juger de son

étonnement, quand il fçût qu'un feul homme emportoit tout, il s'écria qu'il ne le foufriroit pas, & commanda à fes Gardes, & à fes Moufquetaires, dè monter à Cheval & de fuivre en diligence les Raviffeurs de fes Tréfors, bien que Fortuné fût à plus de dix lieuës: Fine-oreille l'avertit qu'il entendoit un gros de Cavalerie qui venoit à toute bride, & le bon Tireur qui avoit la vûë excellente, les apperçut, ils étoient au bord d'une Riviere: Fortuné dit à Trinquet nous n'avons point de batteaux, fi tu pouvois boire une partie de cette eau, nous pafferions. Trinquet auffi-toft fit fon devoir, l'Ambaffadeur vouloit profiter du temps pour s'éloigner, fon Cheval luy dit, ne vous inquietez pas , laissez approcher nos Ennemis : Ils parurent en effet au bord de la Riviere , & sçachant où les Pêcheurs métoient leurs batteaux, ils s'embarquerent promptement , & ramoient de toutes leurs forces , lorsque l'Impetueux enfla ses joües, & commença de soufler , la Riviere s'agita , les batteaux furent renversez, & la petite Armée de l'Empereur perit, sans qu'il s'en sauvât un seul pour luy en aller dire des nouvelles.

Chacun joyeux d'un évenement si favorable ne songea plus qu'à demander la récompense qu'il croyoit avoir méritée , ils vouloient se rendre les Maîtres de tous les Trésors qu'ils emportoient , lorsqu'il

s'éleva une grande diſpute entr'eux ſur le partage.

Si je n'avois pas gagné le
prix , diſoit le Coureur, vous
n'auriez rien , & ſi je ne
t'avois pas entendu ronfler ;
dit Fine-oreille , où en é-
tions nous ? qui t'auroit réveillé ſans moy, repartit le bon
Tireur? en verité, ajouta For-
te-échigne , je vous admire a-
vec vos conteſtations , quelqu'un me doit-il diſputer l'a-
vantage de choiſir , puiſque j'ay
eu la peine de porter tout ?
ſans mon ſecours vous ne ſe-
riez point dans l'embarras de
partager: dites pluſtoſt ſans le
mien, repartit Trinquet, la Riviere que j'ay bûë comme un
verre de Limonade vous auroit
un peu embaraſſez. On l'auroit
été bien autrement , ſi je n'a-

vois pas renversé les barreaux,
dit l'Impetueux. J'ay gardé le
silence jusqu'à present, interrompit Grugeon , mais je ne
puis m'empêcher de representer, que c'est moy qui ay ouvert la Scene aux grands évenemens qui se sont passez , &
que si j'avois laissé seulement
une croûte de pain tout étoit
perdu.

Mes amis, dit Fortuné d'un
air absolu, vous avez tous fait
des merveilles, mais nous de-
vons laisser au Roy le soin de
reconnoistre nos services , je
serois bien fâché d'étre recom-
pensé d'une autre main que de
la sienne ; croyez-moy , remet-
tons tout à sa volonté , il nous
a envoyez pour rapporter ses
Tréfors , & non pas pour les
voler, cette pensée est même si

honteuſe , que je ſuis d'avis
que l'on n'en parle jamais , & je
vous aſſure qu'en mon particulier , je vous feray tant de bien
que vous n'aurez rien à regretter , quand bien il ſeroit poſſible que le Roy vous negligeât.

Les ſept Doüez ſe ſentirent
pénétrez de la remontrance de
leur Maiſtre , ils ſe jetterent à
ſes pieds & luy promirent de
n'avoir point d'autre volonté
que la ſienne , ainſi ils acheve-
rent leur voyage. Mais l'aimable Fortuné en approchant de
la Ville ſe ſentoit agité de mille troubles differens , la joye
d'avoir rendu un ſervice conſi-
derable à ſon Roy , à celuy pour
qui il reſſentoit un attachement ſi tendre , l'eſperance de
le revoir d'en être favorable-
ment reçû , tout cela le flattoit

soit agreablement : D'ailleurs, la crainte d'irriter encore la Reine, & d'éprouver de nouvelles persecutions de sa part, & de celle de Floride, le jettoit dans un étrange abattement ; enfin il arriva, & tout le Peuple ravy de voir tant de richesses qu'il rapportoit, le suivoit avec mille acclamations dont le bruit parvint jusqu'au Palais.

Le Roy ne put croire une chose si extrordinaire, il courut chez la Reine pour l'en informer, elle demeura d'abord toute éperduë, mais ensuite se remettant un peu : Vous voyez, dit-elle, que les Dieux le protegent, il a heureusement réussi ; & je ne suis pas surprise qu'il entreprenne ce qui paroît impossible aux autres. En ache-

Tome II. G g

vant ces mots, elle vit entrer
Fortuné, il informa leurs Majesté du succez de son voyage,
ajoutant que les Trésors étoient
dans le Parc, parce qu'il y a-
voit tant d'or, de pierreries &
de meubles, qu'on n'avoit point
d'endroits assez grands pour les
mettre ; il est aisé de croire
que le Roy témoigna beaucoup
d'amitié à un Sujet si fidelle,
si zelé, & si aimable.

La presence du Chevalier,
& tous les avantages qu'il a-
voit remportez, r'ouvrirent dans
le cœur de la Reine une blessure qui n'étoit point encore fer-
mée ; elle le trouva plus charmant que jamais, & si-tost qu'elle pût être en liberté de parler
à Floride, elle recommença ses
plaintes ordinaires : Tu vois
ce que j'ay fait pour le perdre,

luy difoit-elle, je n'imaginois
que ce feul moyen de l'oublier, une fatalité fans pareille me le ramene toujours, &
quelques raifons que j'euffe de
méprifer un homme qui m'eft
fi inférieur, & qui ne paye mes
fentimens, que d'une noire in-
gratitude, je ne laiffe pas de
l'aimer encore, & de me refou-
dre enfin à l'époufer fecrete-
ment : A l'époufer Madame,
s'écria Floride, eft-ce une chofe poffible, ay-je bien entendu?
Oüy, reprit la Reine, tu as entendu mon deffein, il faut que
tu le feconde ; Je te charge
d'amener Fortuné ce foir dans
mon Cabinet, je veux luy déclarer moy-même jufqu'où vont
mes bontez pour luy. Floride
au défefpoir d'être choifie pour
contribuër au Mariage de fa

Maîtreſſe & de ſon Amant,
n'oublia rien pour détourner
la Reine de le voir, elle luy
repreſenta la colere du Roy
s'il venoit à découvrir cette
intrigue, qu'il feroit peut-être
mourir le Chevalier; que tout
au moins il le condamneroit à
une priſon perpetuelle, où elle
ne le verroit plus : toute ſon é-
loquence échoüa, elle vit que
la Reine commençoit à ſe fâ-
cher, elle n'eut pas d'autre
party à prendre que celuy d'o-
béïr.

Elle trouva Fortuné dans la
Gallerie du Palais, où il faiſoit arranger les Statuës d'or
qu'il avoit rapportées de Matapa, elle luy dit de venir le
ſoir chez la Reine; cet ordre
le fit trembler, Floride connut ſa peine. O Dieux ! luy

dit - elle, que je vous plains,
pourquoy faut-il que le cœur
de cette Princesse n'ait pû vous
échapper, helas! j'en sçay un
moins dangereux que le sien
qui n'oseroit se déclarer, le
Chevalier ne voulut pas s'em-
barquer dans un nouvel éclair-
cissement, il avoit déja assez
de chagrin, & comme il ne
cherchoit point à plaire à la
Reine, il prit un habit tres-
négligé, afin qu'elle ne pût pen-
ser qu'il eût aucun dessein :
mais s'il pouvoit quitter aisé-
ment les Diamans & la broderie, il n'en alloit pas de
même de ses charmes person-
nels, il étoit toujours aimable,
toujours merveilleux, de quelque humeur qu'il fût rien ne
l'égaloit

La Reine prit grand soin de

rehauſſer ſa beauté de tout l'é-
clat qu'on peut recevoir d'une
parure extraordinaire, elle remarqua avec plaiſir, que Fortuné en paroiſſoit ſurpris : les
apparences, luy dit-elle, ſont
quelquefois ſi trompeuſes que
je ſuis bien aiſe de me juſti-
fier ſur ce que vous avez crû
ſans doute de mes ſentimens,
lorſque j'ay engagé le Roy de
vous envoyer vers l'Empereur,
il ſembloit que je voulois vous
ſacrifier ; comptez cependant,
beau Chevalier, que je ſçavois
tout ce qui devoit en arriver,
& que je n'ay point eu d'autres vûës, que de vous ménager une gloire immortelle. Madame, luy dit-il, vous eſtes
trop élevée au deſſus de moy,
pour que vous deviez vous a-
baiſſer juſqu'à une explication,

je n'entre point dans les mo-
tifs qui vous ont fait agir,
me suffit d'avoir obéi au
Roy : Vous avez trop d'indifference pour l'éclaircisse-
ment que je veux vous donner,
ajoûta-t'elle, mais enfin le
tems est venu de vous convaincre de mes bontez, approchez
Fortuné, aprochez, recevez ma
main pour gage de ma Foy.

Le pauvre Chevalier demeura si interdit, qu'on ne l'a jamais été davantage, il fut vingt
fois prest de declarer son sexe
à la Reine, il n'osa le faire &
répondant aux témoignages de
son amitié par une froideur ex-
tréme, il luy dit des raisons
infinies sur la colere où seroit
le Roy, d'apprendre que son
Sujet, au milieu de sa Cour,
eût osé contracter un Mariage

ſi important ſans ſon aveu.
Aprés que la Reine eut eſſayé
inutilement de le guerir de la
peur qui ſembloit l'alarmer, elle prit tout d'un coup le viſage & la voix d'une Furie, elle
s'emporta, elle luy fit mil'e menaces, elle le chargea d'inju-
res, elle le battit, elle l'égra-
tigna, & tournant enſuite ſes
fureurs contre elle-même, elle
s'arracha les cheveux, ſe mit
le viſage & la gorge en ſang,
déchira ſon voile & ſes dentelles; puis s'écriant : A moy,
Gardés, à moy. Elle fit entrer
les ſiens dans ſon Cabinet,
elle leur commanda de mettre cet Infortuné au fond
d'un cachot, & du même pas
elle courut chez le Roy pour
luy demander juſtice contre les
violences de ce jeune Monſtre.
Elle

Elle raconta à fon frere que depuis long-temps il avoit eu l'audace de luy déclarer fa paffion, que dans l'efperance que l'abfence & fes rigueurs pourroient le guerir, elle n'avoit négligé aucunes occafions de l'éloigner, comme il avoit pû remarquer; mais que c'eftoit un malheureux que rien ne pouvoit changer, qu'il voyoit l'extremité où il s'eftoit porté contr'elle, qu'elle vouloit qu'on luy fift fon procez, & que s'il luy refufoit cette juftice, elle en tireroit raifon.

La maniere dont elle parloit étonna le Roy, il la connoiffoit pour la plus violente femme du monde, elle avoit beaucoup de pouvoir, & elle eftoit capable de boulverfer le Royaume; la hardieffe de For-

tuné demandoit une punition
exemplaire, tout le monde ſçavoit déja ce qui venoit de ſe
paſſer, & il devoit ſe porter
luy-même à vanger ſa ſœur;
mais helas ! ſur qui cette vangeance devoit-elle eſtre exer-
cée ? ſur un Chevalier, qui
s'eſtoit exposé aux plus grands
perils pour ſon ſervice, auquel
il étoit redevable de ſon repos & de tous ſes treſors, qu'il
aimoit d'une inclination par-
ticuliere. Il auroit donné la
moitié de ſa vie, pour ſauver
ce cher Favory, il repreſenta à
la Reine l'utilité dont il luy
eſtoit, les ſervices qu'il avoit
rendus à l'Etat, ſa jeuneſſe &
toutes les choſes qui pouvoient
l'engager à luy pardonner, elle ne voulut pas l'entendre,
elle demandoit ſa mort. Le

Roy ne pouvant donc plus é-
viter de luy donner des Juges,
nomma ceux qu'il crut les plus
doux & les plus susceptibles de
tendresse, afin qu'ils fussent
plus disposez à tolerer cette
faute.

Mais il se trompa dans ses conjectures, les Juges voulurent
rétablir leur reputation aux
dépens de ce pauvre malheureux & comme c'estoit une affaire de grand éclat, ils s'ar-
mierent de la derniere rigueur,
& condamnerent Fortuné sans
daigner l'entendre. Son Arrest portoit qu'il recevroit trois
coups de poignard dans le
cœur, parce que c'estoit son
cœur qui estoit coupable.

Le Roy craignoit autant cet
Arrest que s'il avoit dû estre
prononcé contre luy-même, il

H h ij

exila tous les Juges qui l'avoient donné ; mais il ne pouvoit fauver fon aimable Fortuné , & la Reine triomphoit du fupplice qu'il alloit fouffrir, fes yeux alterez de fang , demandoient celuy de cet illuftre affligé. Le Roy fit de nouvelles tentatives auprés d'elle qui ne fervirent qu'à l'aigrir ; enfin le jour marqué pour cette terrible execution arriva. L'on vint retirer le Chevalier de la prifon où il avoit efté mis, & où il eftoit demeuré fans que perfonne au monde luy eût parlé , il ne fçavoit point le crime dont la Reine l'accufoit , il s'imaginoit feulement que c'eftoit quelque nouvelle perfecution que fon indifference luy attiroit, & ce qui luy faifoit le plus de peine, c'est qu'il croyoit que le Roy secondoit les fureurs de cette Princesse.

Floride inconsolable de l'état où l'on reduisoit son Amant, prit une resolution de la derniere violence ; c'estoit d'empoisonner la Reine & de s'empoisonner elle-même, s'il falloit que Fortuné éprouvât la rigueur d'une mort cruelle. Dés qu'elle en sçut l'Arrest, le desespoir saisit son ame, elle ne pensa plus qu'à executer ses desseins ; mais on luy apporta un poison plus lent qu'elle ne vouloit ; de sorte qu'encore qu'elle l'eût fait prendre à la Reine, cette Princesse qui n'en ressentoit pas encore la malignité, fit amener le beau Chevalier au milieu de la grande Place du Palais pour rece-

Hh iij

voir la mort en fa prefence. Les bourreaux le tirerent de fon Cachot avec leur cruauté ordinaire , & le conduifirent comme un tendre Agneau au fupplice. Le premier objet qui frappa fes yeux , ce fut la Reine fur fon Chariot, qui ne pouvoit eftre à fon gré affez proche de luy , voulant, s'il fe pouvoit, que fon fang rejallît fur elle. Pour le Roy , il s'é- toit enfermé dans fon Cabinet , afin de plaindre en liberté le fort de fon cher Favory.

Lors que l'on eut attaché Fortuné à un poteau , l'on arracha fa Robe & fa Vefte pour luy percer le cœur ; mais quel étonnement fut celuy de cette nombreufe affemblée , quand on découvrit la gorge

d'Albaſtre de la veritable Belle-
belle ! chacun connut que c'é-
toit une fille innocente accu-
ſée injuſtement. La Reine é-
muë & confuſe, ſe troubla à
tel point, que le poiſon commença de faire des effets ſur-
prenants ; elle tomboit dans
de longues convulſions, dont
elle ne revenoit que pour pouſſer des regrets cuiſans ; & le
peuple qui cheriſſoit Fortuné,
luy avoit déja rendu ſa liberté. L'on courut annoncer ces
ſurprenantes nouvelles au Roy,
qui s'abandonnoit à une profonde triſteſſe. Dans ce moment
la joye prit la place de la douleur ; il courut dans la Place,
& fut charmé de voir la méta-
morphoſe de Fortuné.

Les derniers ſoupirs de la
Reine ſuſpendirent un peu les

tranſports de ce Prince ; mais
comme il refléchit ſur ſa malice, il ne pût la regretter, &
reſolut d'épouſer Belle-belle,
pour luy payer par une Couronne les obligations infinies
qu'il luy avoit ; il luy déclara
ſes intentions. Il eſt aiſé de
croire qu'elles la mirent au
comble de ſes ſouhaits, beaucoup moins par rapport à ſon
élevation, que par rapport à un
Roy plein de merite, pour lequel elle avoit toûjours reſſen-
ti une tendreſſe extrême.

Le jour du celebre mariage
du Roy étant marqué, Belle-
belle reprit ſes habits de fille,
& parut mille fois plus aimable avec, qu'elle ne l'eſtoit
ſous ceux de Cavalier. Elle
conſulta ſon Cheval ſur la ſuite de ſes avantures, il ne luy

en promit plus que d'agreables;
& en reconnoiffance de tous
les bons offices qu'il luy avoit
rendus, elle luy fit faire une
Ecurie lambriffée d'Ebeine &
d'Ivoire, il ne couchoit plus
que fur des matelats de Satin.
A l'égard de ceux qui l'avoient
fuivie, ils eurent des recom-
penfes proportionnées à leurs
fervices.

Cependant Camarade dif-
parut, on vint le dire à Belle-
belle. Cette perte troubla le
Roy qui l'adoroit, elle fit chercher fon Cheval par tout, ce
fut inutilement pendant trois
jours, le quatriéme fon inquiétude l'obligea de fe lever avant
l'Aurore, elle defcendit dans
le Jardin, traverfa le bois &
fe promena dans une vafte Prai-
rie; s'écriant de temps en

temps : Camarade , mon cher Camarade qu'eftes-vous devenu ? m'abandonnez-vous ? j'ay encore befoin de vos fages confeils : Revenez, revenez, pour me les donner. Comme elle parloit ainfi, elle apperçut tout d'un coup un fecond Soleil qui fe levoit du côté d'Occident, elle s'arrefta pour admirer ce prodige. Son raviffement fut fans pareil, de voir que cela s'approchoit peu à peu d'elle, & de reconnoître au bout d'un moment fon Cheval, dont l'équipage eftoit tout couvert de Pierreries, & precedoit en cabriollant, un Char de Perle & de Topafes, vingt-quatre Moutons le trainoient, leur laine étoit de fil d'or & de canetille tres-brillante, leur traits de fatin cramoify, couverts d'Emc

raude, les Efcarboucles n'y man-
quoient pas, ils en avoient à
leurs cornes, & à leurs oreilles. Belle-Belle reconnut dans
le Char fa protectrice la Fée,
avec le Comte fon pere, &
fes deux Sœurs qui luy crierent
en battant des mains, & luy
faifant mille fignes d'amitié,
qu'elles venoient à fes nopces :
elle penfa mourir de joye, elle ne fçavoit que faire ny que
dire pour leur en donner tous
les témoignages qu'elle auroit
voulu : Elle fe plaça dans le
Chariot, & ce pompeux équipage entra dans le Palais, où
tout étoit déja préparé pour cé-
lebrer la plus grande Fefte qui
pouvoit fe paffer dans le Royaume. Ainfi l'amoureux Roy attacha fa deftinée à celle de fa
Maiftreffe, & cette charmante

Avanture a paſſé de ſiecles en
ſiecles, juſqu'au nôtre.

Le plus cruel Lion de l'ardente
      Libie,
Preſſé par le Chaſſeur dont il reſ-
      ſint les traits,
Eſt moins à redouter qu'une Aman-
      te en furie
      Qui voit mépriſer ſes attraits ;
Le fer & le poiſon eſt la moindre
      vengeance
      Qu'oſe demander ſon cour-
      roux,
      Il faut du ſang à ſes tranſports
      jaloux
      Pour en calmer la violence.
Vous en voyez icy les funeſtes
      effets,
On eût à Fortuné, malgré ſon in-
      nocence
Fait ſouffrir le tourment du plus
      grand des forfaits.

Sa métamorphose nouvelle
Désarma tout un Peuple à sa perte
obstiné,
Et l'on reconnut Belle-belle,
Sous les habits de Fortuné.
La Reine vainement demandoit
son supplice,
Le Ciel pour l'innocence a toûjours
combattu ;
Aprés avoir puny le vice
Il sçait couronner la vertu.

FIN.

LES Remarques de Vaugelas sur
la Langue Françoise, utiles à
ceux qui veulent bien parler &
bien écrire ; avec de nouvelles Notes de T. Corneille. 12. 2. vol. 4. l.
10. s.

Le Quinte Curce traduit par le même, en deux vol. in douze, 4. l.

L'Histoire des Religions de tous les
Royaumes du Monde. 12. 3. v. 3. l.

Histoire de la Monarchie Françoise,
sous le Regne de Loüis quator-
ze, depuis 1643. jusqu'à present.
12. 3. vol. 5. l. 8. s.

Les Lettres nouvelles de Monsieur
Boursaut, accompagnées de Fables,
de Remarques, de bons mots,
& d'autres particularitez aussi a-
greables qu'utiles, avec sept Let-

www.ingramcontent.com/pod-product-compliance
Lightning Source LLC
Chambersburg PA
CBHW050311030726
47505CB00003B/660